广东青年雕塑家王韦先生，阅读了《母亲家书》，深受感动，
精心设计制作了陈明母亲的塑像

谨以此书

献给母亲诞辰 104 周年

母亲家书

陈明 编著

中国教育出版传媒集团　　语文出版社

·北京·

图书在版编目（CIP）数据

母亲家书 / 陈明编著. -- 北京 ：语文出版社，
2024. 10. -- ISBN 978-7-5187-2102-3

Ⅰ．I267.5

中国国家版本馆CIP数据核字第2024WF2670号

MUQIN JIASHU
母 亲 家 书

责任编辑	谭文雯
装帧设计	徐晓森
出　　版	语文出版社
地　　址	北京市东城区朝阳门内南小街51号　　100010
电子信箱	ywcbsywp@163.com
排　　版	北京九章文化有限公司
印刷装订	山东临沂新华印刷物流集团有限责任公司
发　　行	语文出版社　新华书店经销
规　　格	390mm×1240mm
开　　本	1 / 16
印　　张	11.75　　　1插页
字　　数	124千字
版　　次	2024年10月第1版
印　　次	2024年10月第1次印刷
定　　价	80.00元

☎ 010-65253954（咨询） 010-65251033（购书） 010-65250075（印装质量）

序言

> 慈母手中线，游子身上衣。
>
> 临行密密缝，意恐迟迟归。
>
> 谁言寸草心，报得三春晖。
>
> ——［唐］孟郊《游子吟》

读着陈明精心保存的母亲写给他的封封家信，唐代著名诗人孟郊的这首《游子吟》，一直在脑海中萦绕。想到那天陈明给我翻看这些书信时，我强烈感受到的他对母亲的那份深切思念、真诚感恩和他那若有所思的温暖眼神，仿佛这首《游子吟》刚刚由陈明写就，那么贴近他的内心，那么让人产生共鸣。

陈明的母亲生于上世纪20年代初，祖辈、父辈从商从政，家境比较殷实，姐妹兄弟都受过良好的家庭和学校教育，在当地称得上是名门望族。她幼读私塾，受过良好的文化熏陶，有着深厚的国学基础，写得一手好字，算得上是那个时代比较典型的女性知识分子。

上世纪70年代末，陈明来北京读书。那是中央财政金融学院（现中央财经大学）复校后的第二年，也是学校复校后第一次在京外招生。当时国家刚刚走上改革开放之路，百事待兴，学校的条件更是艰苦。为了陈明的学业和成长，他的母亲倾注了极大心血，给予他精细的指导和全力的支持。

陈明保存的母亲写给他的这些家信，时间是从他来北京读书开始，及至大学毕业、工作分配、结婚成家之后的80年代末。十余年间，近百封书信，娟秀清新的文字，封封饱含着对儿子的关心、挂念和期盼，字字蕴藏着慈母对儿子的舐犊情深。

陈明读大学期间母亲写给他的几十封信中，涉及的内容很多，但最为集中的是在学业提升、品德修养、生活安排和保证安全等方面。

在学业提升方面，母亲希望他积极努力，攀登科学高峰，学到真本领，成为栋梁材，为国家发展做贡献。培养子女成才，希望子女能够有本领为国家和社会发展做贡献，体现了母亲作为老一代知识分子的家国情怀，更体现出慈母对子女爱的崇高境界。

在品德修养、待人接物和全面发展方面，母亲的要求很严格。培养子女成才，希望子女注重品德修养和为人做事的修为，能够成为品行端正、诚实善良、友好和气的正人君子，体现出母亲对传统文化的深切理解和对子女昂然立于人世间的精要指点，以及眷眷慈母之心。

　　同天下的母亲一样，对远离自己独自在外的子女，最为挂心和难以放下的，是子女的生活、健康和安全，这在母亲给陈明的信中体现得尤其充分，内容也最多。有所不同的是，母亲对陈明在生活、健康和安全上的关心特别细致入微，所提示的注意事项几乎涵盖了应有的全部。在关心子女的生活、健康和安全方面，天下的母亲有着共通之处，但像陈明母亲这样的细致入微也不是所有母亲都能做到的。

　　在关心和指导陈明读书、成长的过程中，母亲不但经常提出要求，同时也及时给予适当的鼓励。母亲明确的要求和及时的鼓励，成为陈明大学期间最为重要的力量来源。

　　大学毕业分配时，陈明曾想申请到南京工作，离母亲近一些，以便照顾母亲的晚年生活，回报慈母的爱。母亲不同意，她说，"不要为了照顾我，而耽误了你自己的前途"，要他服从组织分配，要到能够发挥自己所学，能为国家做更大贡献的岗位上去工作。

　　陈明工作、结婚成家之后，母亲如同之前一样，仍然在生活上给予他温暖的关怀和强力的支持，子女在母亲眼中永远都是孩儿。孙子的出生，给老人家带来无比的快乐，千叮咛万嘱咐要把孙儿照顾好，那种慈爱之情溢于言表。

　　母亲的关怀和教育，给陈明带来了温馨的氛围，也使他较早地确立了自己努力的方向和清晰的奋斗目标，并在内心凝聚了巨大的能量。

　　陈明毕业后留校工作，经过教学管理、高等教育研究、办公室行政协调等多岗位锻炼，37岁即被任命为校长助理，42岁始任副校长，后转任学校党委副书记兼纪委书记，在高等教育研究领域发表过多篇学术论文，几十年如一日，工作尽职尽责，成绩显著，为学校发展和人才培养做出了重要贡献。同时，在母亲的熏陶和鼓励下，他自幼爱好书法，来北京后，又深得首都文化艺术氛围的滋养熏陶。不论是在大学时期还是在工作期间，他一直坚持在努力学习和工作的同时，潜心研习书法艺术，并向京城当代名家求教，书画水平不断精进，形成了清新雅致的个人风格，已成为广受赞誉的书法大家和中国书法家协会的一员，并有许多作品被海内外友人及艺术机构收藏。

陈明的事业发展和对国家教育做出的贡献，令母亲十分欣慰，他用自己的勤奋、努力、正直、善良和孝顺回报母亲的爱，成了母亲所期望的那样的人。

人世间的爱，母爱最伟大。这是人类生息繁衍最原始、最基本、最强大的力量，也是人间最纯真、最柔弱、最温暖的港湾。母爱是人性中的自然天成，但母亲对子女爱的表达和传递、子女对母亲爱的感知和体悟却有千差万别。这既与母亲和子女的禀赋有关，更与后天的修养提升、禀赋改善和所处的环境条件有关。

在走过一个世纪之后，陈明的母亲于2022年在102岁高龄时仙逝。母亲的近百封书信，他视为宝贵的财富，一直精心保存，至今完好如初。母亲去世后，陈明把这些书信视为家传珍宝，不时翻看一下这些书信，能够感受到母亲仿佛仍在身边的温暖。他用这种方式怀念自己的母亲，也用这种方式缓解对母亲浓浓的思念之情。

在许多看过母亲书信的亲朋好友提议下，陈明从母亲的书信中选取了一部分，并针对当时的背景写了附言。母子情深，温暖万千读者。

三春晖映孝子路，寸草心感慈母恩。

我会记住这个名字——孙兆卿，一位在慈爱和平实中彰显着伟大的母亲。

王广谦

2023 年 7 月

王广谦：中央财经大学原校长、金融学教授、博士生导师、全国政协委员

前言

我的母亲孙兆卿

2022年9月27日凌晨0点40分，一阵急促的电话铃声吵醒了我，电话的那头是外甥悲伤抽泣的声音，他说姥姥走了……

听到这个噩耗，我悲痛至极，眼泪禁不住地夺眶而出。我赶快打开手机订票，着急赶回连云港，去见母亲最后一面。我心急如焚，两手颤抖，眼睛怎么也看不清楚手机屏幕。眼泪不停地跌落下来，打湿了手机，也滴滴打在我的心坎上，打得我阵阵心痛。

世上我最亲的亲人，就这样离我仙去了，去了再没有病痛、再没有烦恼、再没有劳累的地方了，我心里默默地祝愿着母亲：您慢慢地、慢慢地一路走好！

母亲走过了102年的岁月，应该说，是一位世纪老人了。

母亲生于1921年6月9日，她出生的年代，正是中国人民处于水深火热和民族危难之中的年代，那时也正是中国共产党成立的前夕。母亲的一生，见证了中国共产党从创建到发展壮大，中国人民从抗日战争到解放战争、从改革开放到奔赴小康的伟大过程。所以母亲所经历的百年，也是中国共产党与中国人民奋斗不息的百年。

母亲的父亲是一位军人，母亲的母亲是一位家庭妇女，母亲有一个妹妹和四个弟弟。因家境还好，能够请到私塾老师到家里来给孩子们讲学，故而母亲虽然没有上过正规的学校，没有文凭，但私塾的学习，使得母亲有了良好的文化和国学的基础，同时也能写得一手超过常人的好字。

母亲在家中排行老大，听家族的人说，她年轻的时候就具备了一定的管理能力，能够帮助父母操持家务及生意，在妹妹和弟弟中拥有较高的威望，得到了弟弟妹妹的尊重和信任。

照片拍摄于1942年，左一为母亲，怀中婴儿是我的姐姐陈德珍

　　1949年后公私合营，母亲被安排到连云港市万康祥食品厂工作，1975年，调到市蔬菜公司做会计工作，于1981年在市华联商厦办理了退休。为了增加些收入补贴家用，母亲又受聘到新海中学校办商店做了8年会计，一直到1989年才真正地彻底退休，那时候母亲已经是68岁的老人了。母亲为了抚养教育孩子们，勤劳辛苦了一辈子。

　　母亲聪慧机敏、贤劳卓著，为人有原则，办事讲规矩，生活能吃苦，教育子女有方法，深得亲朋好友和同事们的赞扬和敬佩。

　　母亲是连云港市民主建国会成员、市政协委员。在任期间，她积极参加市政协工作，对连云港市的建设和发展提出了不少意见和建议。

　　母亲对我的教育和培养是无微不至的，也是非常严格的，在母亲给我的书信当中，能够体会到这一点。我珍藏着近百封母亲给我的书信，书信的时间跨度，是从1979年我上大学到毕业以后工作、成家这

家书信封

段时间。家里安装了电话以后，交流方式改变了，我和母亲的书信来往也就渐渐地少了，不得不说这也是一种遗憾。

母亲给我的书信，我基本上都保存了下来。这些年，搬了几次家，换了几个住处，很多东西都扔了，唯独这些书信都没有丢失，我视为家传珍宝，默默地收藏了起来。

据我所知，在同龄人当中，能够收藏这么多母亲书信的，实属罕见。每每翻看这些书信，都能够深深地感受到母亲对我的谆谆教导和无微不至的关怀，也着实让我对母亲非常钦佩。这些书信是我人生的宝贵财富，对我来说弥足珍贵。

母亲的书信，语言朴实、情真意切，每次读来都有不同的感受。母亲的手书，典雅清新、飘逸流畅，可以称为同时代人的楷模。尤其是电脑普及以后，大家写字相对就少了许多，所以说能把字写好，确实不是一件容易的事情。母亲的毛笔字具有扎实的功底，结构严谨、章法精到，如果没有一定的私塾家学功底和长期的勤奋积累，是很难达到这个水平的。母亲在96岁高龄时还能够悬肘写大字，枕腕写小楷；握笔沉稳，运笔老道，堪称大家。

许多亲朋好友看了母亲的书信以后，都深有体会，也备受感动。很多人提议，能否把我母亲的书信影印出来，让更多的人了解感受一位母亲对孩子的爱，也让现在的年轻人能够多了解一下那个时代，多了解一下那时的社会、经济和生活状况。只有了解了、对比了，才会知道我们现在的美好生活是多么的来之不易呀！

我慢慢地开始动心了。是的，与其让这些书信常年收藏在箱底，还不如拿出来与更多的人共享，让他们能够去阅读、去了解、去体会，也许会让人有所思考、有所收获，如能这样，母亲书信的作用，也就善莫大焉了。

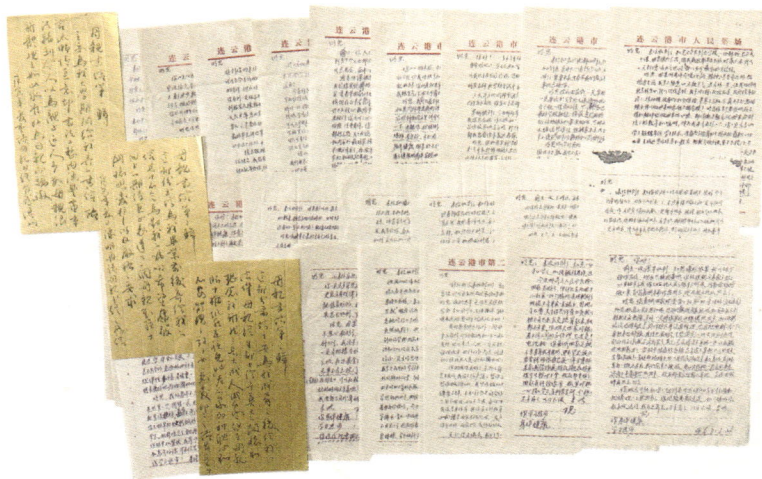

部分书信原件

　　我接受了大家的这个建议，开始慢慢地沉浸在对母亲书信的整理之中。我从中选择了二十六封书信，附上书信原件的照片，为了让读者看得更清晰一些，又把书信的内容全部手打了出来，一并呈现。需要说明的是，母亲生于上世纪20年代，写信时遵循的是过去的语言文字习惯，为了方便读者阅读，在最大程度保持书信原貌的原则下，我做了一定校正，又因篇幅所限，对部分内容做了删减。

　　我按照母亲来信的时间顺序进行了排序，围绕书信的基本内容，把前因后果和时代的背景也做了一些描述，再适当地配一些照片，以便读者能够了解得更全面一些。

　　母亲是一位和天下母亲都一样的、普普通通的、富有爱心的母亲。母亲书信的内容，既没有包罗万象的世事，也没有波澜壮阔的历史，既没有豪言壮语的高度，也没有博通古今的广度，讲的基本上都是家庭琐事、日常杂事，与百年间的世界巨变相比，个人命运也实在是显得很渺小。但是，"于细微处见广大"，正是这些普普通通的家庭琐事，展现出一位母亲的眷眷之心，反映了一位母亲对孩子的爱和期待，对孩子在学习上、生活上的要求，体现了那个年代父母和孩子的一种沟通方式，也呈现出那个年代万千普通家庭的真实情况。

　　微观人生与百年风云，这两种不同的维度，在母亲的书信里竟产生了奇妙的融合。在这里，文字不再仅仅是文字，它承载的是在建党百年的大背景下，一个普通家庭的爱与生活。

目录

第一部分

游子吟

路漫漫其修远兮，吾将上下而求索。

1979年是特别的一年。

1979年1月1日，中美正式建交。这是两国关系史上具有里程碑意义的大事，由此揭开了两国关系的新篇章，对国际形势和世界格局产生了重大而深远的影响。

同年，中共中央做出了创办经济特区的决策，中国的对外开放迈出了重要的一步。

同样是1979年，位于北京的中央财政金融学院，也就是后来的中央财经大学，迎来了复校后的第二届大学生。

1978年，经国务院批准，学校恢复招生。1978年10月，中央财政金融学院复校后首届新生开学典礼举行，中央财政金融学院开始走上

中央财政金融学院79级新生开学典礼会场

1978年中央财政金融学院复校庆祝大会的会场外景

全面恢复的发展时期。

对于年少的我来说，1979年同样是特别的一年，是我人生的转折点。这一年，我第一次离开家乡连云港，作为中央财政金融学院复校后的第二届学生，开启了漫漫求学之路。

我入学报到时的校门

第一封信

1979 年 9 月 24 日

1979 年 7 月,我在连云港市新海中学正式参加了高考,8 月,我收到了中央财政金融学院的录取通知。

听到消息的那天中午,全家人都非常高兴,放下手中的筷子,奔赴教育局去看公告栏上的录取红榜。回想几年来,在母亲的鞭策督导下,在学校老师的激励教导下,经过自己的勤学苦读,终于有了一个上大学的机会,我当时真是心潮澎湃,感慨万千。

恢复高考之初,录取率是非常低的,上大学的机会非常难得,而我有幸成为家族里面的第一个大学生,这在当年是非常光荣的事情。

1979 年 9 月初,我带着母亲及全家人的期望,踏上了赴京求学的征途。这是我人生第一次坐火车、出远门。那时候,连云港到北京还没有直达的火车,需要在徐州进行中转,整个路程需要花费十几个小时。在徐州中转的人非常多,从车门根本是挤不上去的,我是先把行李从窗口扔进去,再从窗口爬进去的。车厢人多拥挤,早已没有空的座位,我就这样一路站到了北京。

1979年，我在中央财政金融学院大门口的留影

一出北京站，我就坐上了学校派来的校车。首都这座城市带来的新鲜感，让我一扫旅途的疲惫，可当校车载我进入中央财政金融学院校园的时候，我的心情却慢慢地沉重起来。

校园根本不是想象中的那样，而是堆满了烟垛，机器轰鸣，弥漫着呛鼻的烟味，整个校园看起来就是一座卷烟厂。

慢慢地，我才了解到学校的情况。

1949年11月，中央财政金融学院的前身华北税务学校成立。因为"文革"，学校于1969年停办，1978年刚刚恢复招生。

"文革"期间，学校财产也交给了北京市一轻局，后来又被一轻局下属的北京卷烟厂占用。复校前后，财政部和学院领导多次与北京市委、北京市一轻局沟通关于校舍归还的问题。甚至，时任院长戎子

中央财政金融学院复校初期校园里的烟垛

和同志为此还给邓小平、李先念等中央领导同志写信，反映学校的校舍问题，但是，校舍的归还进度依然缓慢。

到1979年秋天，我们复校后第二届学生入校，校舍问题仍然没有解决。那时候，全校只有一间教室，叫第一教室，根本无法满足当时四百在校生的教学需要，同学们都是在临建的木板房里上课，冬冷夏热；没有图书馆，借书还书需要到十几里外的地方去办理；没有运动场，全校只有半个篮球场，很多同学只能在狭小的空地围成一个圈，托托排球，学校也会经常组织学生到校外越野跑步；食堂狭小，没有地方坐下吃饭，大家基本是打了饭带回宿舍吃；我们这一届的宿舍，是北京卷烟厂刚刚退还的一栋宿舍楼，勉强可以住下已经走读一年的

同学们在简陋的教室前合影

大家打了饭在宿舍外面的铁架子上吃

78级北京学生和我们79级新生。

面对环境的困难，同学们都毫无怨言。毕竟，对当时的大家来说，能够有机会上大学是一件多么难得的事。为了把失去的时间夺回来，大家的学习热情非常高涨。在食堂打饭的时候，很多同学都是边排队边背英语单词，争分夺秒地学习。

学校与卷烟厂关于校舍归还的问题，经历了漫长的拉锯，惊动了国务院的很多领导，甚至一度成为全国舆论的焦点。一直到1987年，校舍问题才得以最终解决，北京卷烟厂选新址另建，校舍全部腾退。

上学期间，我没有把学校的实际困难告诉母亲，一点不满情绪都没有表现出来，以免让母亲焦虑和不安。

1982年，母亲来到学校，才了解了学校实际的情况。她对学校也并没有什么埋怨，只是让我珍惜难得的学习机会。

母亲在第一封来信中，就在学习上、生活上和为人处世上，给我提出了严格的要求，指出了明确的奋斗目标，表达了殷殷的期待。

校园里处处都可做教室

校园一角的简易体育课场地

学校唯一的篮球场

学校拥挤的食堂

学校操场就是舞池，大家在校园里开交谊舞会

场地虽简陋，但同学们参加体育活动的热情不减

复校后简陋的第一届运动会

下面是母亲于1979年9月24日给我的第一封来信。

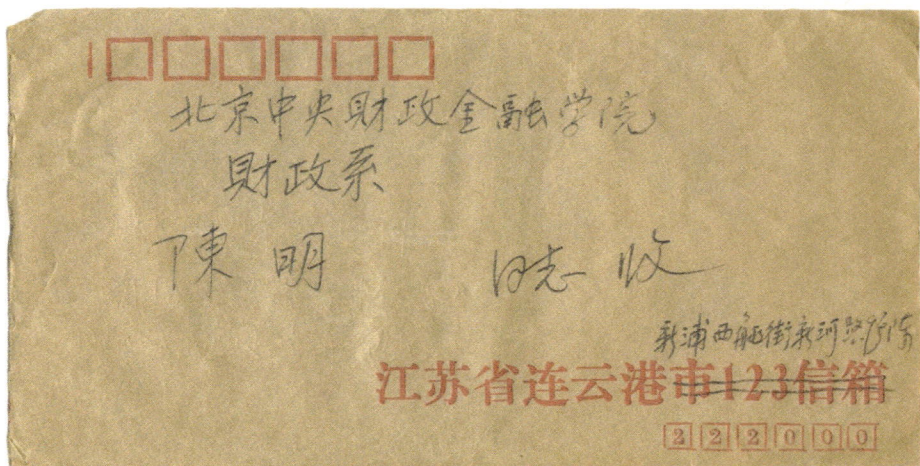

明儿：

　　来信收到了，知儿已于本月14日顺利到达了北京中央财政金融学院，完成了报到手续，并又检查身体，儿身体健康，母亲非常高兴。本想早日写回信给你，由于我的身体近来不适，所以现在才写回信，我的身体已恢复健康，希不要挂念。

　　明儿，当妈妈看到你的来信，心里有说不出的高兴。由这封信看来知儿是有相当水平的，同时对家庭也是关心的，我和你姐姐、姐夫都很高兴，你的外甥女和二个外甥都很想念你。

　　明儿，你现在已进入高等院校学习，一定要专心学习，刻苦钻研，学习本领，攀登科学高峰，将来为祖国四个现代化贡献自己的力量，来报答党的恩情。你的身体很消瘦，在生活上千万不要刻苦，看到你信上说饭量有点下降，不知是何缘故，妈妈很不放心。你一面要刻苦学习，还要一面锻炼身体，要使德、智、体全面发展。你对饭菜上要多吃，不要省钱，妈妈情愿自己艰苦一点，也要满足供应你，如需要什么写信来家，我马上寄去。据说徐光效 11 月份要上北京，我要叫他再带点吃的东西给你。你大姐天天在说北京气候冷些，现在已替你做棉鞋，还要替你做棉裤，等做好了马上寄去。

　　明儿，当你临行的时候，妈妈千叮咛、万嘱咐，就是要注意安全。你现在是以学习为主，热闹的场所要少去，对自己学习有进步的地方可以去，对危险的地方不要去，对违法的地方不要去，晚上亦不要出校门，有事可以白天办，总的说来就是要身体健康，刻苦钻研，不要浪费这黄金时代。

　　你现在已开学了吧？学习肯定很紧张，要注意劳逸结合。有多少学科、助学金研究了吗？伙食费是自理还是供给的？北京的生活习惯和气候能否适应？你年纪尚小，对同学要和气、要团结，对老师要尊敬，对学习要多问，要精心探讨，要戒骄戒躁，虚心学习，这是母亲对你的愿望，也是你对母亲尽孝道的一方面。家中一切都好，平安如常，希不要挂念。

　　专此，祝你

学习进步！身体健康！

母字

1979 年 9 月 24 日

　　手表跑的情况怎样？如有毛病的话要来信告知，自己不要随便去弄它（注：姐姐手书）。

昭儿：

　　来信收到了。知儿已于本月4日顺利到达了北京中央财政金融学院，完成了报到手续，并又检查身体。儿身体健康母亲非常高兴。本意早日写回信给你，由于我的身体业来不适，所以现在才写回信，我的身体已恢复健康，希勿挂念。

　　昭儿，当妈妈看到你的来信，心里有说不出高兴，由这封信看来知儿是有拥高水平的同时对家庭也是关心的，我和你姐姐、姐夫都很高兴你的外甥女、和二个外甥都很想念你。

　　昭儿你现在已进入高等院校学习，一定要专心学习、刻苦专研学习本领攀登科学高峰，将来为祖国四个现代化贡献大你们的力量，来报答党的恩情。你的身体很消瘦在生活上千万不要刻苦，看到你信上说饭量有关下降，不知是何缘故，妈妈很不放心你一定要刻苦学习，还要一边锻炼身体，要使德、智、体全面发展你对饭菜上要多吃，不要省钱，妈妈情愿自己很苦一点，也要满足供应你，如需要什么写信来家，我马上寄去。据说徐先敏小明要上北京，我要叫他再些买吃的东西给你，你大姐天气冷说北京气候冷些，现在已替你做棉鞋，还要替你做棉裤，等做好马上寄去。

　　晓儿。妈妈当你临行的时候，妈妈千叮咛，万嘱咐，就是要注意安全，你现在是以学习为主。热闹的场所少去，对自己学习有进步的地方可以去，对危险的地不要去，对违法的地方不要去，晚上早点回校门，有了可以买分，总的说来就是要身体健康，刻苦专研，不要浪费这黄金时代。

　　你现在已开学了吧，学习肯定很紧张，但要注意劳逸结合，有多少学科，助学金研究了吗？伙食费是自理还是供给的，北京的生活习惯和气候能否适应，你年纪尚小对同学要和气要团结，对老师要尊敬，对学习要多问，要精心探讨，切勿成骄成燥，虚心学习。这是母亲对你的愿望，也是你对母亲尽孝道的一方面。家中一切都好平安如常，希不要挂念，专此。

　　　　　祝

你学习进步！

身体健康。

(手表跑的情况怎样？　　　　母字 1979.9.24

如有毛病的法要来仗告知。

你们要随便去弄伤党)

第二封信

1979 年 10 月 10 日

大学期间，学校实行的是助学金制度。助学金分成三等，一等每月 22 元，二等每月 17 元，三等每月 14 元。我当时拿的是二等助学金，基本够当月伙食费了。

母亲每月还会给我寄一些钱来，用于买书、零花等等。除非有特别需要的东西，一般我也不会主动向母亲要钱。

那时，国家实行计划经济，很多东西是定量供应的，对在校大学生也是如此。我记得，粮食每月定量是 36 斤，其中有 20 斤面、8 斤米和 8 斤粗粮。这对我这个苏北人来说，问题不大，但对于很多以吃米饭为主的南方同学来说，米票就很不够了。这时候，饭量小的同学，会把多余的粮票给饭量大的同学，大家互相接济。

母亲年轻时候的照片

除了和母亲通信，我也一直坚持给四舅、四舅母写信。四舅、四舅母当时都在南京的中学当老师。

从我上小学时起，母亲就让我给四舅、四舅母写信。后来我体会到，母亲让我写信的主要目的是让我锻炼写作的能力，提高写作的水平，增强尊敬长辈的意识。从长辈的书信中，我也确实受益匪浅，学到了很多的知识、做人的道理以及处理问题的方法等等。

直到现在，我与远在美国的四舅、四舅母还保持着联系，常常相互问候。

母亲抱着我，与四舅、四舅母合影

下面是母亲于1979年10月10日给我的第二封来信。

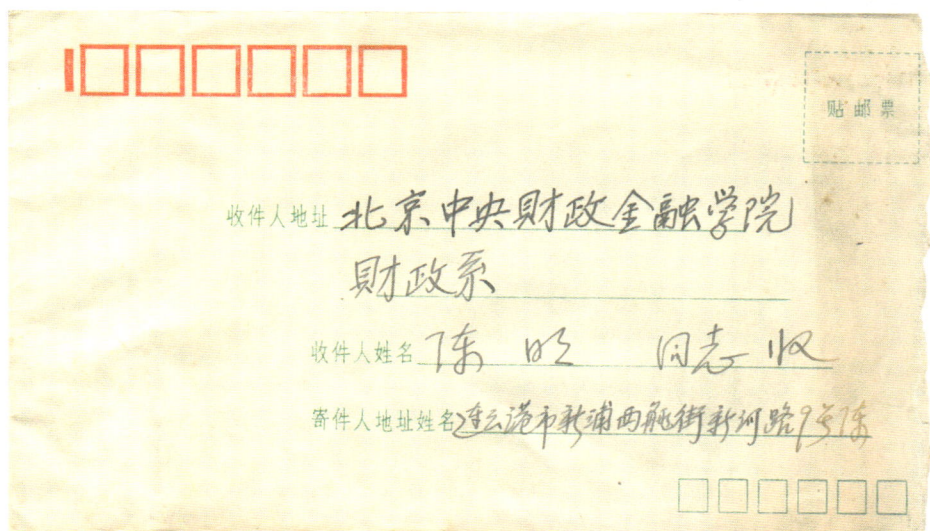

明儿：

你10月7日的来信，收到了，看到你向我汇报了学习情况和生活情况，有条有理，母亲看到了心里非常高兴。儿不但学习上有了进步，就是对家庭也有了深刻的理解，年纪虽小，志向很大，做母亲的是如何快慰啊！你姐姐和姐夫也都高兴，你的外甥女小红和二个小外甥，天天都在说想小舅，寒假一定要回家来，不要省路费。

明儿，你带去的钱，交伙食费可能要用光了，我在11月份再寄钱去。你对生活上千万不要刻苦，你大姐叫你每逢星期日，一定要到饭馆去调剂一下生活，你喜欢吃水饺，或吃点包子，皆可以，但千万不要将就。我情愿自己刻苦一点，不能影响你的身体。你信上说感冒的机会较多，不知是何缘故？胃疼不疼，服不服水土，都要来信详细告诉我，以免我挂念。如果感冒发烧一定要请医生看，自己不要乱吃药。因为你远隔千里，母亲不在身边，经验很少，遇事一定要多请示，多向人家问一问。阿托品不能多吃，每次只能吃一颗，如果胃疼了，最好还是请医生看一下。母亲对你的身体太瘦了，就是放心不下。

明儿，母亲还要再嘱咐，保重身体，加强锻炼，注意安全，生活适当调剂，不要刻苦自己，积极学习，增加本领，为祖国四个现代化，创奇迹，贡献力量，这是母亲唯一的愿望。

北京天气干燥，你大姐打听如有上北京去的熟人，想多带点苹果给你，就是一时带不到，你自己如想吃什么就买。奶粉吃了没有？晚上自习时间长，一定要冲一杯喝，身体重要，不要省钱，吃完了自己可以买，如买不到来信告诉我，我一定寄去，如没有奶粉，麦乳精也行。

家信一定要每月来家一次，以免我挂念。但其他亲戚和同学就不要多写信，不但浪费时间，影响学习，同时还会侵占你的精力。其他信就不要再写了。你四舅的信是应当写的，因为你学校分配后未告诉他。写信称呼，一定要四舅母也一齐称呼，最后也要向他外公、外婆问好，表弟、表妹问好。

你如要什么东西，或想买什么东西要钱，写信给妈妈，一定寄去，不要不好意思。不多写了，以后再谈吧！

专此，祝你

身体健康！学习进步！

母字

79年10月10日

连云港市人民菜场

明兜：

　　你10月7日的来信，收到了。看到你向我回报了学习情况和生活情况，有条有理。母亲看到了，心里非常高兴，兜不但学习上有了进步，就是对家庭也有了深刻的理解，年纪虽小，志向很大。做母亲的是如何快慰啊！你姨父和姨夫也都高兴。你的外甥華妹小红，和二个小外甥，天天都在说，想小舅。寒假是否回家来，可节省路费。

　　明兜你抵去的钱，交伙食费可能够用去了，我在11月份再等钱去，你对生活上千万不要刻苦，你大姨叫你每逢星期日，一定要到饭馆去调剂一下生活，你喜欢吃水饺，或吃菜饱子，皆可以，但千万不要将就。我情愿自己刻苦一点，不能影响你的身体。你信上说北方的机会很多，不知是何原故，胃疼不疼，服不服水土，都要来信详细告诉我，以免我挂念，如果志兜发烧一定要请医生看，自己不要乱吃药，因为你远隔千里，母亲不在身边，经验很少，遇了一定要多请示，多向人家问一问，阿托品不能多吃，每次只能吃一棵，如果胃疼了，最好还是请医生看一下，母亲对你的身体，太瘦了，就是放心不下。

　　明兜，母亲还要再嘱咐，保重身体，加强锻炼，注意安全，生活适当调剂，不要刻苦自己，积极学习，增加才智，为祖国四个现代化，创奇迹，贡献力量。这是母亲唯一的愿望。

地址：江苏省连云港市新浦市化路　电话：2796

你的书厨和箱子还有一个小铁箱我都帮你收好了,孩子们也
不敢动你的东西。那个姓滕的同学是否和你一班,你可以就近把
因为是同乡,可以有些照顾。你南星大哥定于本月28日结婚.喜糖一定留
给你寄你俩来家吃.你文星表哥生了一个小男孩,你听了一定很高兴吧!
北京天气干燥.你大姐打听如有去北京的熟人一定带苹果给你
就是一时也不到.你们如想吃什么就买,奶粉吃了没有.晚上睡时间
常是要冲一杯.喝.身体重要,不要省钱.吃完了吧可以买.如买不到来信
告诉我.我一定寄去.如没有奶粉.麦乳精也行。

家信一定每半月来家一次,以免我挂念.但其他亲戚和同学就不
要多写信.不但浪费时间影响学习.同时还会侵你的精力.其他信
就不要再写了。你四舅的信是应当写的.因为你学校分配没来告诉他

地址是:(南京中山东路133号戴振宝收)写信称呼一定写四舅母也
一齐称呼.最后也要问他外公.外婆问好.表弟.表妹问好。

你如要什么东西.或想买什么东西要钱.写信给妈么一定寄去
不要不好意思.不多写了.以后再谈吧!专此 祝

你身体健康!

学习进步!

妈字 79.10.10.

第三封信

1979 年 11 月 5 日

1979 年，南星大哥结婚了。南星大哥是我三舅的孩子，也就是母亲的侄子。三舅 1949 年前就去了台湾，三舅母去世较早，因此留在大陆的南星大哥是由我母亲抚养长大的。母亲和我的姐姐、姐夫，都对南星大哥非常关爱。

南星大哥属于老三届，在高中毕业的时候，响应上山下乡的号召，去了农村插队落户，后来根据政策回城工作。

让我记忆犹新的是，在我复习准备高考的时候，南星大哥对我的数学给予了很多辅导帮助，使得我高考数学分数名列文科班前列。

南星大哥的结婚大事，也都是由母亲、姐姐、姐夫帮助操办的。

那时候，每每有亲戚朋友来北京，母亲经常会托他们捎带一些水果、肉罐头等食品，既可以给我增加营养，同时又能减少我的花销。

上世纪 70 年代是个物品匮乏的年代，什么东西都要凭票供应，除了粮票，还有布票、肉票、豆腐票、自行车票等等。

那个年代，孩子们的服装都是家人自己做，因为这样便宜。所以

母亲、姐姐与南星大哥（右一为南星大哥）

每年冬天我穿的棉鞋、棉裤、棉袄都是母亲和姐姐她们亲自为我做的。可惜的是，这些东西都没有留下来。

现在很多年轻人都不理解，怎么我们这一辈人去餐馆吃饭点菜，总会点一些传统的红烧肉、猪头肉、红烧带鱼、花生米之类的菜品，那是因为，从前没有吃好、没有吃够，现在想弥补回来。

他们不知道，想吃什么就能吃到什么，在当年可不是一件很容易的事情。我记得小时候，看到母亲炒鸡蛋时，蛋壳里的蛋清都要用手指刮干净，一点也不浪费。然后在碗里加入面粉、盐和水搅拌再下锅炒，这样一个鸡蛋能炒出三个鸡蛋的样子。我想只有在困难的时期才会这样做。

下面是母亲于1979年11月5日给我的第三封来信。

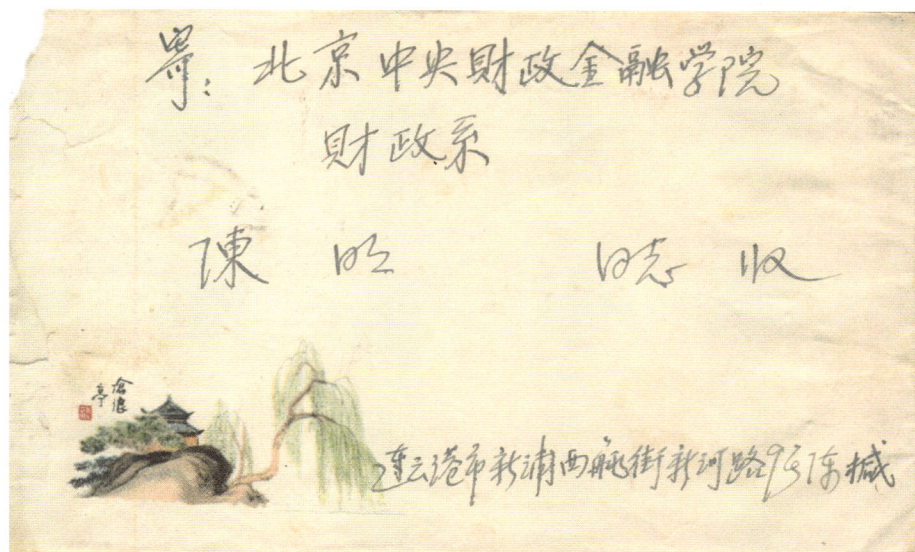

明儿：

　　接到你的来信，已十余日了，因忙于为你南星大哥结婚，所以至今才写回信给你。天气渐渐凉起来，妈妈很忧心你的身体，现在你大姐替你棉鞋已做好了，是五眼的式样，很好，你看到一定很高兴，棉裤正在做。现寄上人民币贰拾元，你可到服装店拣较好的大呢裤买一条，因暂时还不能穿棉裤，单裤又太单薄，恐北京气候冷。款收到后马上就去买，但买的时候尺寸要大一点，是套在卫生绒裤上穿的，千万不要瘦，也不要短，长度要3尺2寸，最好事先讲明穿上看一看再给钱。你的助学金是党的关怀，给你们生活上补贴，千万不要刻苦自己。

　　徐光效现在又不去北京，上南京学习去了。你信上说北京鲜鱼很缺乏，我想买点鲜鱼用油炸好，家中还有三听猪肉罐头，你看能不能寄给你，但要征求你的同意，不能有影响，希来信告知。

母
亲
家
书

　　你的功课很紧张吧！千万要注意劳逸结合，但还要刻苦钻研，这就要看你适当掌握。努力呀！为祖国四个现代化打好基础，为自己创造光明的前途。近来我的身体很好，希不要挂念，家中都很平安。款收到后把呢裤子买好再写回信给我。不多写了。

　　专此，祝你

身体健康！学习进步！

母字

79年11月5日

我与母亲、姐姐

明光:

接到你的来信,已十余时因忙於为你南星大哥结婚诸事至今才写回信给你。天气渐渐凉起来,妈妈很恍心你的身体,现在你大姐替你棉袄已做好了,是五眼的式样很好你看到一定很高兴。棉裤正在做,现寄上人民币式拾元,你可到服装店拣较好的大呢裤买一条,因暂时还不能穿棉裤,单裤又太单薄,恐北京气候冷,收到後马上就去买。但买的时候尺寸要大一关是套在卫生绒裤上穿的,千万不穿瘦,也不穿短,长度要认对最好事先讲好穿上看一看再给钱。你的助学金是党的关怀,给你们生活上补贴,千万不穿刻苦自已。

徐克效现在又不去藏京,上南京学习去了,你信上说北京鲜奥很缺乏,我想买关鲜奥用油炸好,家中还有三斤多猪肉菜头。你看能不能寄给你,但要徽求你的同意,不能有影响,希来信告知。

你的功课很紧收吧! 千万要注意劳逸结合,但还要刻苦钻研这就要看你适当掌握,努力呀! 为四个现代化打好基础,为自己创造光明的前途。近来我的身体很好,希不要挂念,家中都很平安收到後把呢裤子买好再写回信给我。不多写了 专此
    祝

你身体健康!

学习进步   团宝
                              79. 11. 5

第四封信

1979 年 11 月 19 日

母亲的来信，经常会提及安全问题。母亲让我尽量不要出校门，即使出去也必须早点回校，出校门要结伴而行，不要独自出去，危险的地方不要去，等等。

母亲对我的安全教育从小就开始了。记得我上小学的时候，和同学们花钱租自行车骑，被母亲发现，受到母亲的严肃批评，至于下河游泳，那就更不敢了。

那时，家里根本就没有什么电器，所以插头插座也极少，但即使这样，母亲也是绝对不会让我去碰插头插座的。

姐姐出嫁得早，我小时候基本是和母亲两人相依为命。因为怕危险，母亲不放心我出去玩儿，上班时，她都会把我一个人反锁在家里。家里的炉子那时候烧的是蜂窝煤，每天母亲上班前，都会把煤炉封好盖好，把房门和小院的门锁好，才放心地去上班。

后来我年龄大了，胆子也大了。等母亲上班以后，就悄悄地把房门卸下来。那是个老式的两扇门，我当时的力气可以把门提起来，在底部打开一个空间，我从门缝里钻出来，翻过小院的门，就可以出去和小伙伴们玩耍了，等母亲快下班的时候，再悄悄回到家，把房门装回去。这个秘密一直没被母亲发现。

那时，我们住在连云港市新浦区民主路上的陈巷，巷子中间靠东侧的平房，就是我们家了。房子外面有一个小院，小院的南墙外是一个小饭店，平常开店的时候，机器轰鸣，油烟味扑鼻。借着小院的墙头，母亲搭了半个小棚子，里面是个简易小厨房，放着蜂窝煤炉，边上有个大水缸。

那时候家里没有自来水，都要去巷子口买水，挑回来放到水缸里备用。一开始都是母亲挑水，后来我十来岁大，就主动承担了挑水的任务，成了母亲生活的好帮手。

陈巷

现在的连云港民主路陈巷，巷口我坐着的地方就是小时候的
我经常在傍晚等候母亲下班的位置

小学毕业照（第一排右二是我）

初中毕业照（第四排左三是我）

下面是母亲于1979年11月19日给我的第四封来信。

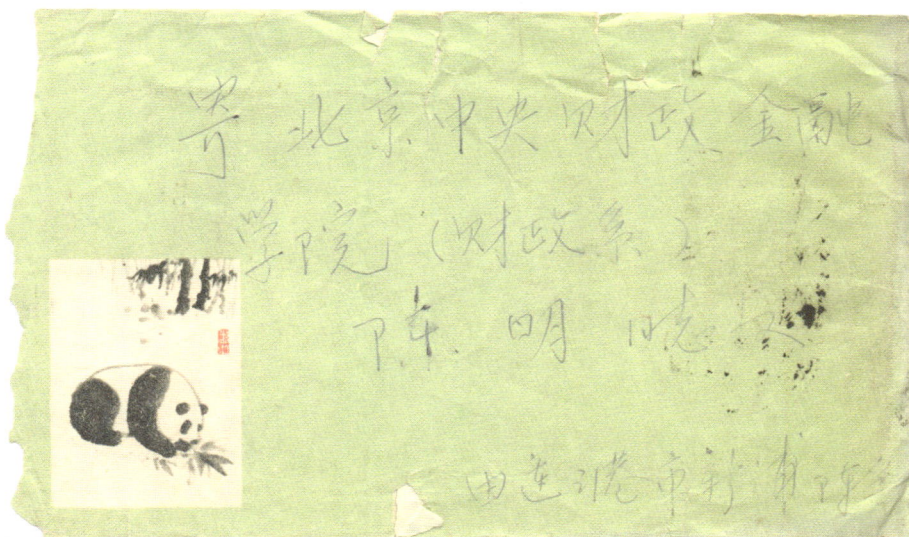

明儿：

　　于11月4日寄去一信，及人民币贰拾元，不知收到否？至今未见回信，很为惦念，天气渐渐寒冷，亦不知你的裤子买了没有？

　　今何老师（徐斌的母亲）单位有同志到北京开会，她家带东西给徐斌，我也顺便请她带点东西给你（是一个小纸箱内装棉鞋一双、肉杂酱一瓶、花生米少许、苹果等一小箱）。何老师说，带到后徐斌可以送给你，希你接信后可以打电话去问一下，或有时间也可以去拿回来。肉杂酱每逢吃饭时可以少挖点出来吃，饭筷子不要向大瓶里挖，这样可以多吃几天不坏。以后去北京的人很多，你需要什么可来信告知，我好准备。你大姐现又替你做棉裤了，她天天说北京气候冷，等做好马上寄去。

你的功课忙吧？明儿，你一定要集中精力，刻苦学习，闲事少问，我们就是一股劲儿把学习搞好，增加本领，为祖国四个现代化贡献一切力量，来报答党对你的培养和教育。无事不要出校门，不要逛大街，多钻研，多看书写字，多看报纸，走路要走人行道，因马路车辆频繁，游玩要注意安全，危险的地方不要去。交友择善良，要注意思想品德、待人接物，态度要和气，做事要有考虑，要三思而行之，非正义之事决不插手，决心以学习为主。乘车一定要车停稳后方能上下，不要冒险，不要争先恐后，避免危险。要戒骄戒傲，搞好团结，对老师要尊敬，对同学要和气，要诚实，要细心。妈妈千言万语，就是要你将来能成为一个德才兼备的无产阶级知识分子。

近来我的身体很好，家中一切都好，希不要挂念。

专此，祝你

身体健康！学习进步！

母字

79年11月19日

昭兜：

　　於11月4日寄去一信，及人民币试拾元，不知收到否？至今未见回信，很为怀念。天气渐渐寒冷，亦不知你的被子寄了来没有：

　　今有何老师（徐斌的母亲）单位有同志到北京开会，她家带东西给徐斌，我也顺便请她也带东西给你（是一个小帘子内装棉鞋一双，肉酱等一瓶，花生米少许，苹果等一小袋）何老师说，她到後徐斌可以送给你，希你接信後可以打电话去问一下，或有时间也可以去拿回来，肉酱等每逢吃饭时可以少拿头去吃，饭后不要何大敬里拿，这样可以多吃几天不坏，以及去北京的人很多，你还需什么可来信告知，我好准备，你大姐现又替你做棉裤子，她天天说北京气候冷，等做好马上寄去。

　　你的功课忙吧！昭兜，你一定要集中精力刻苦学习，闲事少问，我们就是一股劲党把学习搞好，坛加本领为祖国四个现代化贡献出一切力量，来报答党对你的培养和教育。无事不要去校门，不要逛大街，多动脑筋，多看书写字，多看报纸，走路要走人行道，防马路车辆频繁，游玩要注意安全，危险的地方不要去，交友择善良，要注意思想品德，待人接物态度要和气，做事要有考虑，要三思而行之，非正义之事决不插手，决心以学习为主，乘车一定要车行稳後方能上下，不要冒险，不要争先恐後，避免危险，要不骄不傲，搞好团结，对老师要尊敬，对

连云港市人民菜场

同学要和和气，要诚实，要细心，妈妈千言万语，就是要你将来能成为一个德、才兼备的无产阶级知识份子。

近来我的身体很好，家中一切都好，希不多挂念。

此致   祝

你身体健康！

学习进步！

田字

79.11.19

徐斌地址是：北京清华大学、电力程系、及自动化，

学生宿舍一号楼、四五九房间 徐斌

第六封信

1979 年 12 月 13 日

上学期间，但凡家乡有亲朋好友来北京出差，母亲都会托他们给我带水果等吃的东西。

这封信中，母亲用一大段说了肉辣酱（即前文的肉杂酱）的事。母亲托人带给我的一瓶肉辣酱，我拿到的时候已经过去 23 天了。母亲怕肉辣酱过期，怕瓶子损坏，怕我吃坏了肚子伤身体，在几封信当中反复强调，提醒我小心注意，务必把肉辣酱的处理结果及时地告诉她。母亲对我的身体健康，几乎在每封信里都会特别强调，关心备至。凡是听说我脸色好些了，身体也胖了，母亲就有说不出的高兴；如果听说我身体不舒服了或者胃疼了，母亲就非常焦虑和不安。所以为了让母亲少些操心，多些安心，我便常会报喜不报忧。

母亲对我的教导，有时还涉及文字错误的纠正，这封信当中就提到了我信中写错了"浪费"的"费"字。

下面是母亲1979年12月13日的第六封来信。

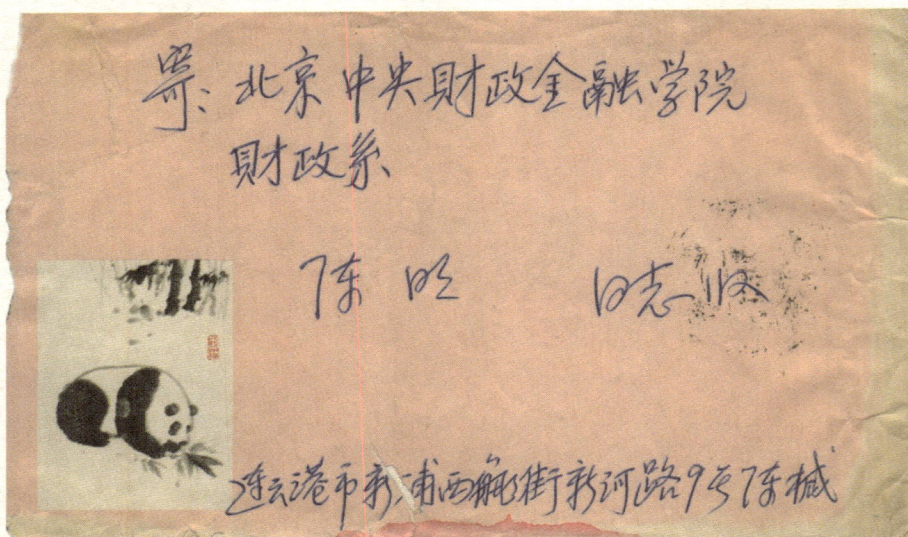

明儿：

你10日的来信，收到了，知道你已将徐斌家所带的东西收到了，但我对带东西的人很有意见，因为我的东西是11月16日就带去了，你12月9日才拿到，相隔23天，但不知肉辣酱变质了没有？我很生气，下次不可靠的人，是不能委托办事的。

明儿，我为什么看到你的信后，马上又写信给你，就是要告诉你，如果肉辣酱变质的话，千万不要吃，如果未变质的话，可以把它挖到饭盒子里，请食堂大师傅替肉辣酱放到蒸馒头的笼里蒸一下，才能吃，但玻璃瓶千万不能放到笼里蒸，玻璃瓶遇到热会爆炸，有危险。要知道变质的食物吃了，会使身体受损失，影响身体健康，那是万万不行的。身体是实现四个现代化的宝贵财富，有了健康的身体，实现四个现代化才能顺利进行，学习才有成果。还有，装肉酱的玻璃瓶，打碎了没有？如果瓶打碎了，那更一点也不能吃，要知道碎玻璃如果吃到肚子里，那就糟了，千万要注意，不要为小小的一点食物，影响了身体。棉裤一定要穿，北京气候寒冷，冻厉害了，怕会形成关节炎，那就麻烦了。棉裤虽是旧的，但棉花是新的，很柔软，可以套上单裤穿，一定要穿。

明儿，妈妈听你说脸色好看了，身体也胖了些，妈妈看到以后，心里有说不出的高兴。妈妈唯一的希望，就是希望你的身体健壮起来，努力学习，刻苦钻研，将来为祖国四个现代化大干、快干，贡献力量，创出优异成绩，这才能达到妈妈的目的。

明儿，你是孝顺的孩子，一定会照妈妈的意图去做的。保护身体，努力学习，注意安全。不多写了，希接信后一定要把肉辣酱的情况告诉我，是如何处理的，瓶子坏未坏，变未变质，希即来信告知。

专此，祝你
身体健康！学习进步！

母字

12 月 13 日

注：上次来信上你写"浪费"的"费"字，你写成了这样的"废"字，错了，要更正，这是语文中重要的一环，以后要注意错别字。

连 云 港 市 人 民 菜 场

昭儿：

你10日的来信，收到了。知道你已将徐姣家诊批的东西，收到了。但我对批东西的人很有意见，因为我的东西是11月16日就批去了，你12月9日才拿到，相隔23天，但不知肉辣酱变质了没有！我很生气，下次不可靠的人，是不能委托办事的。

昭儿：我什么看到你的信后，马上又写信给你，就是要告诉你，如果肉辣酱变质的话，千万别去吃。如果未变质的话，可以把它挖到饭盒里，请个堂大师父替肉辣酱放到蒸馒头的笼里蒸一下，才能吃。但玻璃瓶千万不能放到笼里蒸，玻璃瓶遇到热会爆炸，有危险。要知道变质的食物吃了，会使身体受损失，影响身体健康，那是万万不行的。身体是实现四个现代化的坚强资本，有了健康的身体，实现四个现代化才能胜利进行，学习才有成果。还有装肉酱的玻璃瓶，打碎了没有？如果瓶打碎了，那更是也不能吃。要知道碎玻璃如果咽到肚子里，那就糟了。千万要注意，不要为小小的一点食物，影响了身体。棉裤一定要穿，北京气候寒冷，冻厉害了，物会形成关节炎，那就麻烦了。棉裤虽是旧的，但棉花是新的，很柔软，可以套上单裤穿。一定要穿。

昭儿：妈之听你说脸色好看了，身体也胖了些，妈之看到以后，心里有说不去的高兴，妈之唯一的希望，就是希望你的身体健壮起来，努力学习，刻苦专研，将来为祖国四个现代化大干、快干，贡献力量，创出优异成绩，这才能达到妈妈的目的。

吃完：你是孝顺的孩子，一定会些妈妈的意图去做的。

保护身体，努力学习，注意安全，不多写了，希接信後一定要把肉辣蛋的情况告诉我，是如果处理的。瓶子坏未坏，变未变质希即来信告知，专此 祝

你身体健康！

学习进步！

註：上次来信上你写浪费的"费"字

你写成了这样的"疲"字错了。

要更正，这是语文中重要

的一环，以後要注意错别字

田光 12. 13

第八封信

1980 年 1 月 22 日

我与母亲、姐姐及姐姐家的三个孩子

　　我上高中的时候，母亲把陈巷的房子卖掉了，我和母亲搬到姐姐家一起居住。在姐姐家生活的几年时间里，因母亲忙于工作，所以基本是姐姐、姐夫照顾我的生活，他们对我关爱备至，我内心对他们充满了敬爱。姐姐有三个孩子，跟我年龄相差不大，基本上也是我带大、和我玩儿大的，我和外甥们的感情非常深厚。

　　姐姐在新浦豆腐加工厂工作，后来调到了市运输公司做行政科科长，最后调至市建设工程造价定额站工作，一直到退休。

姐夫在连云港市的建筑公司工作，从技术员一直干到建筑总公司总经理。姐夫虽然学历不高，但工作能力很强，勤勉好学，成长很快。

姐姐、姐夫与孩子们在新浦公园的合影

那时候的建筑施工图都是人工笔绘，需要非常强的基本功。姐夫画的施工图都非常精细，他的硬笔字也写得流畅漂亮。除此之外，姐夫还会拉小提琴，并做得一手好菜。这些对我都产生了较大的影响。后来，姐夫所在的建筑公司在他的带领下，成功中标肯尼亚工程，这是连云港市第一个海外工程。姐夫亲自带领施工队伍前往肯尼亚，为国家、为连云港市争得了荣誉。

我1979年高考报志愿，就是姐夫帮助我填报的。他根据全国的参考人数、江苏考生人数以及当年的财院招生计划人数，经过认真测算，决定让我报考北京的中央财政金融学院，结果第一志愿就被财院录取了。

大学期间，我学习用的计算器、收音机，都是姐夫想方设法为我提供的，当时对于普通家庭来说，这些都算得上奢侈品了，让我至今难以忘怀。

姐夫是我的榜样，我对姐夫无论是事业上，还是生活上，都非常敬佩，从他身上学到了很多东西。

以前，城市之间物资的供应有一定差距。每年假期回家，我都要从北京带一些家乡紧缺的家庭生活用品，比如台布、毛线、布料等。

记得有一年，我还用扁担挑了一个北京特有的、可以烧火取暖的铸铁炉子回去。我带着铁炉子在徐州转站换车，一路扛到家，虽然有些辛苦，但想到能够为母亲、姐姐做些事情，就感到非常高兴。

下面是母亲1980年1月22日给我的第八封来信。

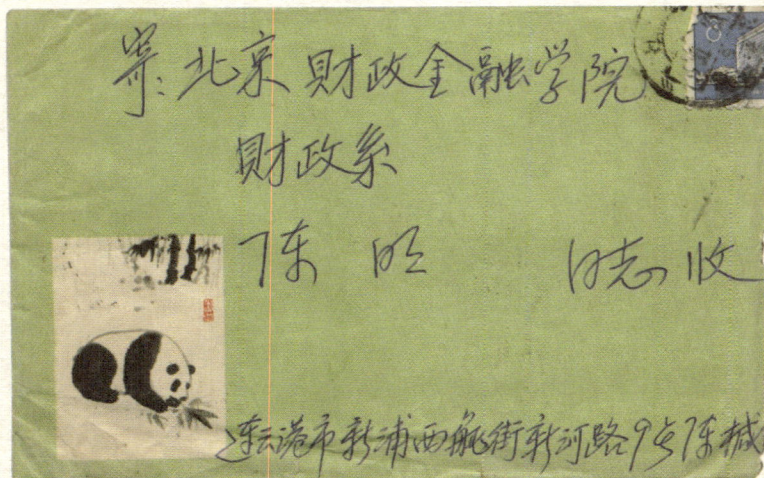

明儿：

　　来信和明信片都收到了，知儿款已收到，已定于2月3日动身4日到家，家中大小看到信以后，都高兴极了，尤其三个孩子都说："好了，小舅要来家过春节，我们真高兴呀！"我们等2月4日那天都到车站去接你。

　　明儿，你在回家前，一定要把自己的箱子、衣服、被褥等物，一定要放到安全而又保险的地方，箱子要加锁锁好，如果校方不统一保管的话，可以送到当地同学家代管一下，但要对人协商。最好学校能统一保管，免得麻烦，千万自己不要随便乱放，是不保险的。你的被子如要洗的话，可把被里和被面拆下来带回家，你大姐说替你洗，但被套不要带回来，要知道春节回家的人太多，是不便当的。回来时最好和同乡的同学一起回来，可以互相照顾。

　　明儿，叫你新买的东西，如不好买，就不要买了，东跑、西跑，因地方不熟，我也不大放心，那就来家买吧！你大姐还叫你买大桌上的台布两块（是不透明的塑料布，带彩色花，要大号的），台布的颜色，随便什么颜色都行，但要带彩色花，就是不要黑的，价钱每块约1元多至2元多的都行，如太贵的话，那就买一块就行了。还要把你的饭盒、圆铁盒以及能盛东西的家具都带回来，开学时好多带点吃的东西回去。

　　明儿，回家的途中一定要安全，坐车不要抢上抢下，慢慢地上下车，火车开动时，不要乱走动和伸出窗外看，是最不安全的。

　　明儿，你要晓得妈妈的身体不好，是不能焦心的，千万千万要注意安全，不多写了，容后面谈吧！

　　专此，祝你

身体健康！学习进步！再夺冠军！

母字

80年1月22日

明弟：

　　在你回家的途中，徐州转车一定要安排在白天，不要考虑到家的时间，一路上千万以安全为重，因为徐州车站南来北往的人是太多了，最好不要考虑在徐州住宿。不要多买些糖果食品之类的东西，免得一路不方便。途中带的东西，要紧放在身边，千万不能大意，防止意外。另外你大姐夫叫你把政治经济学之类（就是有关经济管理这方面的资料）的书籍和有关讲义带来，他要学习。

姐德珍叙

1月22日

昭兜：

　　来信和名信也都收到了，知兜欢已收到，已足於2月3日动身4日到家，家中大小看到信以后，都子思报了，由其三个弦子都说好，小鲁要来家过春节我们真子思呀！我们等2月4日那天都到车站去接你。

　　昭兜你花回家前，一定要把自己的箱子衣服被褥等物一定要放到安全而又保险的地方，箱子要加锁子好，如果校方不统一保发的了话，可以託当地同学家代发一下，但要对人协商，最好学校能统一保发，兜得麻烦，千万自己不要随便乱放是不保险的，你的被子如要洗的话，可把被里和被瓦拆下来一拱回家，你大姐说替你洗，但被套不要拱回来，要知道春节回家的人太多是不便当的，回来时最好和同乡的同学一起回，可以互相兰顾。

　　昭兜呀你许买的东西，都子好买，就不要买了，东跑西跑因地方不熟，我也不大放心，那就来家买吧！你大姐还呀你买大桌上的台布，两块（是不透明的塑料布，地彩色花，要大些的。台布的颜色，随便什么颜色都行，但要地彩色花，就是不要黑的，价钱每块约1元多至2元多的都行，如太贵的话，那就买一块就行了，还要把你的饭盒，元铁合以皮艇剩东西的家俱都凤回来，开学时好多凤美吃的东西回去。

　　昭兜，回家的途中一定安安全，坐车不要抢上抢下，慢々地上下车，火车开动时不要乱走动，和申出窗外看，是最不安全的

连云港市人民菜场

明兒，你爷爷妈妈的身体不好，是不能焦心的，千万千万
要注意安全，不多写了容以后谈吧！专此 祝
你身体健康！
学习进步！ 再夺冠军！

明弟：

在你回家的途中徐州转車車一定要安排

在白天，不要考虑到家的时间，一路上千万

以安全为重，因为徐州車站南来北往的人

是太多了，最好不要考虑在徐州住宿。

不要多采些扌果食品之类的东西。　母字

免的一路不方便。　　　　　　　　　　80.元.22日

途中吃的东西，尽量放在爷姐包里吃。

史．千万只说大意，防止意外。　　　　元.廿二日

另外，你大姐来叫你把政治经济学书 (就是有关经济管理应方所的资料

的书籍 以有关讲议讯来，他要学习。

地址：江苏省连云港市新浦市化路　电话：2796

第九封信

1980年2月6日

1949年后，国家实行公私合营，母亲被分配到市食品厂做工人。那时候的工作基本是体力活，很辛苦，也很劳累。母亲50多岁的时候，身体不是很好，为了一家人的生活，她都是硬撑着。

母亲除了抚养姐姐、南星大哥和我，还抚养了大姨的女儿。母亲用艰辛的劳动和微薄的收入养育了四个孩子，应该说在那个时代，这是一件很艰难的事情。

母亲非常重视孩子的教育。我上小学的时候，母亲常常跟我说，再苦再累也要坚持供我上学，决不能让我辍学。

有一次，母亲因过度劳累引发了肝炎，她把我叫到床前，嘱咐我："假如我病重不在了，你要坚强地生活下去，好好地跟姐姐一起生活，

母亲孙兆卿

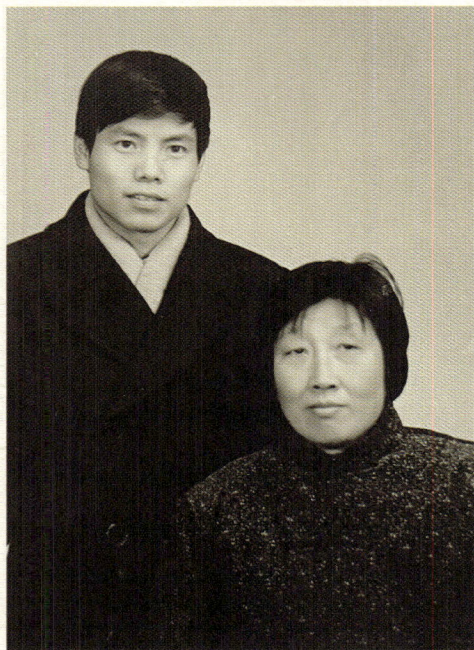

我与姐姐

她有工作，也能养得起你。你要好好上学，努力成人、成才，有了知识，有了工作，就可以自立了，就能养活自己了。"

那时候我年纪尚小，对未来如何生活没有什么想法，也没有什么危机感和紧迫感，但听了母亲的话，感到特别难过。回想当时情景，母亲说话很沉着、很镇定、很坚强，从那时候开始，我就慢慢地知道了母亲的不易，心里想着，以后长大了，一定要更好地孝顺母亲。

后来，母亲积极治疗，加强锻炼，注意养生，身体也渐渐地好了起来。又过了几年，母亲调离了食品厂，到市蔬菜公司做会计工作，相比以前的体力劳动，就轻松多了。

母亲天赋极好，自学会计，打得一手好算盘，每次单位财务盘点统计，都不差一分钱，不差一两粮票，每年都得到领导和同事们的高度赞扬。

母亲在信中，凡是认为重要的内容，都会在下面画线，以示重点，要求我切记和重视。

母亲对我的安全教育和管理是很严格的，如信中提到，"千万千万，不能游泳"，从小学到大学都是如此，所以到了大学，我不但不会游泳，连自行车都不会骑。

下面是母亲1980年2月6日给我的第九封来信。

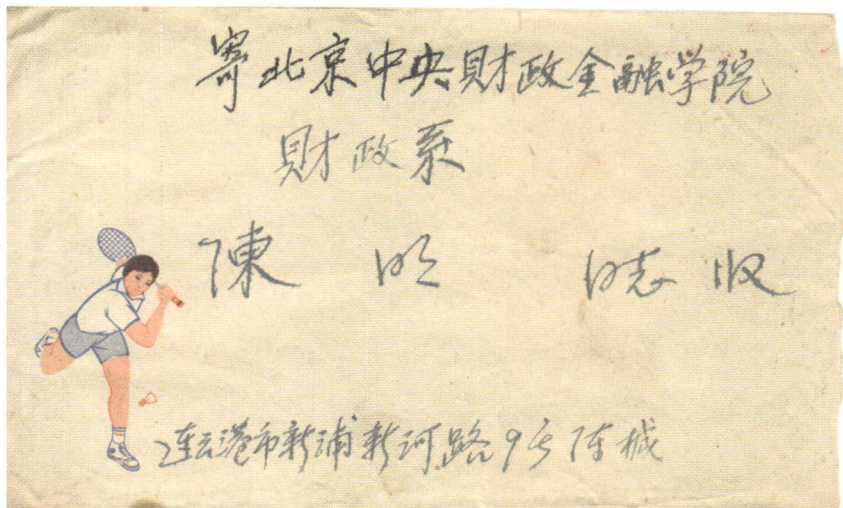

明儿：

　　来信收到了，知儿已平安到达学校，一切都好，已正式上课，母亲很为高兴。因我最近身体不太好，时感不适，所以一天到晚一点力气也没有，所以至今才写回信给你。

　　明儿，母亲的身体有慢性病，精神上是有负担的，但据医生说，我是不能焦心，不能生气，还要好一些，但我的个性，就是好焦心，所以对你来说，我是时时刻刻在惦念着。因为你年纪还小，很幼稚，没有什么社会经验，是寒天不知冷，夏天不知热的孩子，所以做母亲的怎能不挂念呢？明儿，你是个孝顺的孩子，你如能体贴做母亲的心情，那你就不能忘记母亲每封信上的教导和嘱咐。现在我还要再提一下，你一定要专心学习，锻炼本领，学习技术，准备为祖国四个现代化贡献一切力量，来报答党的培养和教育，那就要做到无事不出校门，不闲逛大街小巷，不三五知己皮皮闹闹，除去正常的在校方一定正当的娱乐外，一心钻入学习中去，才能学到丰富的知识，练出真正的本领，才能得到光明的前途。那对母亲来说，就是要怎样不使母亲焦心呢？首先是安全第一，那危险的地方不要去，违法的地方坚决不去，注意饮食，日常生活要有规律，不吃不洁或腐烂的食物，保护身体健康，剧烈的运动不要参加，天气快暖了，你不会水性，千万千万，不能游泳，千言万语，就是要安全。你学习能得冠军，母亲高兴，你身体健康，安全学习，母亲就放心了。总的一句话，你要孝顺母亲，体贴母亲，使母亲的病能早日恢复健康，那就要看你的实际行动了。余不多写。

　　祝你

身体健康！学习进步！

母字

80年2月6日

连 云 港 市 人 民 菜 场

晓宪：来信收到了。知道已平安到达学校，一切都好，已正式
上课，母亲很为高兴。因我最近身体不太好，时感不适，所以
一天到晚一点力气也没就以至今夜写回信给你。

晓宪：母亲的身体有慢性病，精神上是有负担的，但
据医生说，我是不能焦心，不能生气，还会好一些，但我的个性
就是好焦心，所以对你来说，我是时时刻刻在惦念着，因为你年纪
还小，很幼稚，没有什么社会经验，是寒天不知冷，夏天不知热的
孩子，所以做母亲的怎能不挂念呢？晓宪你是个孝顺的孩子，
你如能体贴做母亲的心情，那你就不能忘记母亲每封
信上的数字和嘱咐，现在我还要再提一下，你一定要专心
学习，锻炼本领，学习技术，准备为祖国四个现代化贡献出一切
力量，来报达党的培养和教育。那就要做到无事不去校门，不
闲逛大街小巷，不三五知己废之闹之，除去正常的在校方一定要
的娱乐外，一心专入学习中去，才能学到丰富的知识，练出真正的
本领，才能得到光明的前途。那对母亲来说，就是要怎择不使
母亲焦心呢？首先是安全第一，那危险的地方不要去，违法的地方
坚决不去，注意饮食，日常生活要有规律，不吃不洁或腐烂的食物，
保护身体健康，剧烈的运动不要参加，天气快暖了，
你不会水性，千万千万，不能游泳，千言万语，就是要安全。

地址：江苏省连云港市新浦市化路　电话：2796

连 云 港 市 人 民 菜 场

你学习就能得冠军. 母亲高兴. 你身体健康. 安全学习. 母亲就放心

总的一句话. 你要孝顺母亲. 体贴母亲. 使母亲的病就早日

恢复健康. 那就要看你的实际行动了. 余不多写. 祝

你身体健康!

学习进步!

田岩
80.2.6

第二部分

谆谆诲

爱惜护持勤教诲，书香一脉正关渠。

1980年，国家在深圳、珠海、汕头、厦门设置经济特区。经济特区对促进国内进一步改革开放、扩大对外经济交流起到了极为重要的作用。

同年，中国第一枚洲际导弹"东风5号"试射成功，这是国家现代尖端技术的综合体现。

但这一年，中央财政金融学院的校舍问题仍然没有解决。1980年7月，学校因新生无校舍不能按时入学的问题两次向北京市政府递交紧急报告。9月，《人民日报》刊登了财院关于1980级新生推迟报到的声明。因为校舍的问题，80级新生入学时间推后了两个多月。

1980年10月，国务院召集财政部、北京市政府、北京卷烟厂和学校负责人就校舍问题在中南海开会，11月，学校和北京卷烟厂在北京市经委签订了《关于北京卷烟厂退还中央财政金融学院校舍的协议书》。

也是在这一年，刚刚升入大二的我，因为一桩"手表事件"，受到了母亲的严厉批评。

20世纪80年代的上海牌手表

第十封信

1980 年 4 月 6 日

　　曾经有一次，我写信托老家橡胶厂的小黄给同学买手表，这件事后来被母亲知道了，她非常生气，写信来批评我。

　　从信里可以看出，母亲真的是生气了，用了好几页的篇幅来阐述这个事件，从信里的字可以看出，当时母亲书写的速度很快，字体结构也比以前草了许多，说明当时真是在气头上，必须马上写完，不吐不快。

　　是学财经专业的我要进行批发实习，还是想投机倒把挣点外快以弥补生活费用上的不足？事实上，我现在已经记不太清当时为什么要托人帮同学买那么多的手表了。

　　在信里，母亲从多方面、多角度，帮我分析买表的问题和弊病所在。借此，母亲也对我提出了更多、更高的要求，强调上学期间学习是主要的，其他和学习无关的事情尽量少做或者不做，不要浪费宝贵的学习时间。

　　对我的交友，母亲也提出了要求，提醒我近朱者赤、近墨者黑，要选择政治上进步、爱学习、善良可靠的同学做朋友，最后母亲用"忠言逆耳利于行，良药苦口利于病"作为这封信的结束语。

下面是母亲1980年4月6日给我的第十封来信。

明儿：

　　于本月2日寄去一信，想已收到，本来我的休息时间是很少的，但不得已的情况下，不得不又写这封信给你，望你接这封信后要有深刻的考虑才行。

　　昨天4月5日有橡胶厂小黄拿来一封信给我看一下，说你的很多同学要手表，你托他买手表，有多少块买多少块，我看了以后内心有说不出的怒和气。明儿，像我这个做母亲的，可以说一句不顾自己的享受和舒适，为着自己孩子的深造，将来能为祖国四化贡献力量，成名成家，对你的求学，虽然你主观是一方面，但我客观方面的鞭策，是尽到我的力量了。你现在虽然是一个大学生，但年龄还小，对社会经验却是短浅的。要晓得你现在是求学时期，也可以说是黄金时代，任何事也不能侵犯你的时间，作如你来说，更不容许任何方面来浪费你这黄金时代。俗语说，一寸光阴一寸金，寸金难买寸光阴。要知道光阴一去是不复返的。

你的功课那么忙，就是有一点时间，自学些英语也是好的，哪有时间搞那些不应做的事呢？数学家陈景润老师，一心钻研数学，连自己生活上都不顾了，真是废寝忘食。而你不顾自己学习，却搞些闲事，浪费了一些宝贵时间，你能对得起党对你的培养，能对得起母亲省吃俭用来支持你一切吗？

手表是一项紧张物资，哪里是随便买的呢？小黄是一个小徒工，又哪能买这么多的手表呢？你的同学是很多的，大家团结在一起好好学习，你替哪个买好呢？就是小黄能买的话，替他买，不替他买，岂不是无形中影响了团结，而产生了矛盾吗？何况手表这样东西还是要在行的，走得准不准，质量好和坏，买好了好，买不好都叫同学内心叫苦。路途千里迢迢，装寄哪里能保险不坏呢？再一方面经济问题，一只手表最低凡拾元，你是个学生，对这些有关经济的事，你多手有什么好处呢？望你以后做事，一定要"三思而行之"。明儿，千万不能盲目从事啊！

明儿，从这件事看，我每次苦口婆心对你的教导，你虽然从信面上说得直四不五，但我看是说和行不一致了。这使我有说不出的失望。

明儿，我对你的期望，真是信心百倍，工作累一点，生活艰苦一些也感到高兴，是为了儿子的前途，所以只要是你学习上的需要，不管要花多少钱买东西，我也不疼的。你是个孝顺的孩子，不但做母亲的疼爱，就是你大姐、你姐夫对你也是无微不至地喜爱和赞扬（注：意思是毫无保留地喜爱和赞扬）。你是个聪明的孩子，我想是有体会的。希望你接信后要考虑，以后对事要慎重，不但是手表，就是任何东西也不能充能。你想一想，如果把同学的钱寄给小黄，买不到，亏少了怎么办？那同学们不是说小黄，而是说你不诚实了。以后不管什么东西，尤其是有关经济这方面的，不能多事，因为你是个小孩子，没有社会经验，也没有这方面的能力。你想想，就是我们家里要买什么，得不牵制你的精力，就也不叫你多浪费时间的。我和你大姐时刻都在惦念，你年龄小，身居异地求学，只要埋头苦学就行了，不要多结交，近朱者赤，近墨者黑，如果万一结识了不三不四政治落后的人怎么办。现在就是要你刻苦学习，埋头于书本之中，一心想着四化目标，奔向四化，分外的事情你就不要再多费精力了。这封信我写得要重一点，希你一定要照我意图努力读好书。

忠言逆耳利于行，良药苦口利于病。

专此，祝你

身体健康！学习进步！

母字

80年4月6日

希即速写回信给我，从这方面看来就写信浪费你的时间恐太多了，以后任何同学不要来回常写信，影响你的学习。

放暑假一定要来家，我情愿花路费。

连云港市人民菜场

昭兇：於本月2日寄去一信，想巳收到。本来我的信息一时间是很少的，但不得巳的情况下，不得不又写这封信给你，望你接这封信应要有深刻的考虑才行。

昨天4月5日有橡胶厂小黄拿来一封信给我看一下，说你的很多同学买手表，你托他买手表，有多少块买多少块，我要以这内向的有说不去怒和气。昭兇，像我这个做母亲的，可以说向不顾自已的享受和舒适，为着自已的深造，将来能为祖国四化贡献力量，成名成家。对你的求学，虽然你主观是一方石，我客观方面的鞭策，是尽到我的力量了。你现在虽然是一个大学生，但年龄还小，对社会经验却是短浅的，学校也像你现在是求学时期也可以说是黄金时代，任何人也不能侵犯你的时间，你如你来说更不容许任何方石来浪费你这黄金时代，俗语说，一寸光阴一寸金难买过光阴，要知道光阴一去是不复返的。

你的功课那么忙，就是有一点时间，你学些英语也是好的，那有时间搞那些不应做的了呢？科学家陈景润老师一心专研数学，连他生活上都不饱了，真是废寝忘食，而你不顾你学习却搞些闲事，浪费了一些宝贵时间，你能对得起党对培养能对得起母亲有吃俭用来支持你一切吗？

手表是一项紧张物资，那里是随便买的呢？小黄是个小徒工又那能买这么多的手表呢？你的同学是很多的，大家团结在一起好好学习，你替那个买好呢？就是小黄能买的话，替他买，不替他买

地址：江苏省连云港市新浦市化路　电话：2796

连云港市人民菜场

岂不是无形中影响了团结，继而产生了矛盾吗？何况手表这样东西还是易花行的，走的准不准、质量好和坏，买好了好，买不好都叫同学们叫苦。路途千里迢之，装带那里能保险不坏呢？再一方面经济问题，一只手表最低几拾元，你是个学生，对这些没有经验的了，你拿手有什么好处呢？望你以后做事一定好好"三思而行之"，吃昼千万不能盲目从事啊！

　　明昼，从这件子看，我每次苦口婆心对你的教导，你虽然从信止之说的直四不五，但我看是说和行不一致了，这使我有说不出的失望。

　　吃昼，我对你的期望，真是信心百倍，工作累一点、生活艰苦一些也忘到这里，是为了昼子的前途，所以只要是你学习上的需要，不发方夜多努力"买东西，我也不疼的，你是个孝顺的孩子，不但做母亲的疼爱就是你大姐、你姐夫对你也是会微不致的喜爱和赞扬。你是个聪明的孩子，我总是有体会的，希望你接信后"要考虑，以后对事多慎重，不但是手表，就是任何东西也不能充胀，你想一若如果把同学的钱等给小黄，买不到丢失了怎么办，那同学们不是说小黄而是说你不诚实了，以后不疼什么东西，由其是没有经常这方正好不能多了，因为你是个小孩子，没有社会经验、也没有应方面的能力，你想之就是我们家里要买什么，还不牵制你的精力，就也不叫你多浪费时间够，我和你大姐时刻都挂惦念你年令小身底是地求学，马家埋头苦学就行了，不要多结交，由其深者亦此黑者黑，如果万一结识了不三不四政治落在的人怎么办。

地址：江苏省连云港市新浦市化路　电话：2796

连 云 港 市 人 民 菜 场

现此就是望你来苦学习、埋头于书本之中、一心惦着四化
目标奔向四化,份外的了谅你就不再来帮我了 这封信我写
的实重一点,希你一定牢让我意面努力读好书!

忠心逆耳利于行

良药苦口利于病

未此祝你身体健康! 学习进步!

希你速写回信给我
。。。。。。。。。。。。。。。。。。。

从这方式看来就写信浪费你的时间恐太多了

以后任何同学不写来回

常写信,影响你的学习   田芸 80.4.6

有便車碼

放暑假你一定要来京.我情欲化路转

第十二封信

1980 年 4 月 16 日

我在给母亲的回信当中，承认了自己帮助同学买手表的错误行为，表示以后做事情会三思而后行，不能盲目从事，母亲看到我的回信以后，转怒为喜，很是欣慰。

母亲对我严格要求之极，就像现在的"虎妈"，但也不失疼爱。记得我高三复习准备高考的时候，时值连云港市全民防地震，我和母亲住在临建的防震棚里。夏天非常热，不好入睡，有一次我看书至深夜两点，母亲醒来看见我还在看书，非常生气，要求我赶快睡觉，不能这样熬夜学习，就是不考了，也不能这样伤身体。这件事，说明母亲对我的健康非常重视，也体现了母亲的大爱。

那时候，半导体收音机对我们来说都是一个大件了，很多有条件的同学会拿着它听新闻、学英语，是一个非常好的学习工具。我向母亲表达了想要一个收音机用于学习的愿望。在学习上，母亲非常支持我，很快就寄钱给我，让我买一个收音机。要知道那时候的30 块钱，不是一个小数目，相当于母亲一个月的工资收入，也够我

20世纪80年代的收音机

两个月的伙食费了。

不过没过多长时间，同学们的电器又升级了。

有一次，有位同学拿着日本进口的录音机，里边放了磁带，一按键就能听到美妙的歌声；这是我第一次听到邓丽君美妙动听的歌声。而且你对着它说几句话，声音还可以被录下来，之后能反复播放。我当时觉得这个机器非常神奇，很想拥有一台，但因为确实太贵了，一直没敢跟母亲提起。

20世纪80年代的录音机

后来有一次，北大的中学同学说，有一批日本进口录音机要出售，大约45元一台，我向几个同学借了点钱，凑齐了急忙赶到北大，谁知因为太抢手，已经卖光了。一个大件就这么和我擦肩而过了，我因此沮丧了好一阵子。我真正使用上录音机，是三年以后毕业留校工作的时候了。

下面是母亲1980年4月16日给我的第十二封来信。

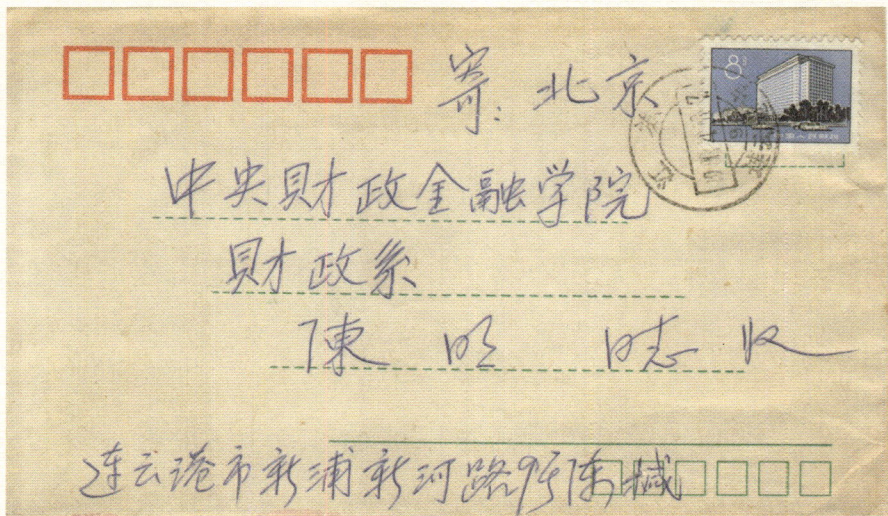

明儿：

来信收到了，母亲看了以后真是转怒为喜。明儿，你能接受母亲的教导，领会事物的好坏，同时又能遵照母亲的意图去做，那我还有什么可说的呢？就你大姐对你来说也有极好的印象。

明儿，你母亲不是为了自己的享乐，而是千辛万苦为了儿女的深造，不管怎样艰苦，自己也很乐观，所以只要是你学习上的需要，不管花多少钱，我是舍得的。你要的半导体，如果真正是学习上的需要，可以马上来信，我当即寄钱去，就是卅元也可以；如果是作为自己消遣的话，那我看还是暂时不买得好。因为你现在是求学时间，光阴极其宝贵，就是一秒钟也不能浪费，何况在集体寝室，影响不好。

明儿，妈妈迫切希望你现在读大学，还能和在初中、高中时那样勤学、苦练，年年被评为三好学生，在德、智、体方面，全面发展，获得冠军，打下基础，将来为祖国四个现代化积极贡献力量。这是做母亲的唯一希望。等你毕业了，工作分配以后，你要什么，妈妈买什么给你。如果你姐夫暂时不去北京的话，我炒些炒面从邮局寄给你，你大姐说再用油炒点花生米一并寄去。寄家信还是每月一次，至于同学们就不必通信了，也没有什么事，岂不是浪费了时间？就是家信，没有特殊情况也不要多写，一定要珍惜时间。

你大姐在党的培养教育下，积极工作，努力学习，积极为祖国四个现代化贡献力量，现光荣地被提升为行政科科长。你听了一定也很高兴吧！我们全家都感谢党的培养。

家中一切都好，希不要挂念。

专此，祝你

身体健康！学习进步！

母字

80 年 4 月 16 日

你姐姐和孩子们的凉鞋不买了，在新浦已买到。毛线等你来家时再寄钱给你买，你大姐说可能范围内决不浪费你的时间。

晓勇：来信收到了。母亲看了以后真是称心满意。晓勇你能接受母亲的教导，领会了物的好坏，同时又能按照母亲的意图去做，那我还有什么可说的呢？就连大姐对你来说也有极好的印象。

晓勇你母亲不是为了自己的享乐，而是辛辛苦苦为了儿女的深造，不管怎样艰苦，自己也很乐观，所以只要是你学习上的需要，不管花多少钱，我是舍得的，你写的拿手镜，如果真正是学习上的需要可以马上来信，我考虑寄给你。就是此类也可以，如果是你自己消遣的话，那我看还是暂时不买的好。因为你现在是求学时间，光阴极其宝贵，就是一秒钟也不能浪费，何况在集体寝室影响不好。

晓勇，妈迫切希望你现在读大学，还能和在初中、高中时那样勤学，苦练，年年被评为"三好"学生，德、智、体、方方、全面发展。就给你将来打下基础，将来为祖国四个现代化积极贡献大力量。这是你做母亲的唯一希望，当你毕业了，工作不起以后，你要什么，妈妈买什么给你，如果你姐夫暂时不去北京的话，我炒些炒瓜仔哪局寄给你，你大姐说再用油炒花花生来一并寄去。哥款信还是每月一次，至于同学们就不必通信了，也没有什么，岂不是浪费了时间，就是哥信，没有特别特殊情况也不要多写，一定要珍惜时间。

你大姐在党的培养教育下，积极工作，努力学习，积极为祖国四个现代化贡献力量。现在荣地被提升为行政科之长。你听了一定也很高兴吧！我们全家都忐谢党的培养，忐谢英明领袖华主席，忐谢邓付主席。

家中一切都好，希不多挂念，至此　祝

你身体健康！

学习进步！

田芳. 80. 4. 16

你姐姐和孩子们的凉鞋不买了，阮新浦已买到。毛线等你来家时再带钱给你买，你大姐说可能范围内决不浪费你的时间。

第十三封信

1980 年 5 月 6 日

母亲几乎每月都给我寄钱，有的钱是有专门要求的，是专项经费，母亲会要求我专款专用。

我收到这些钱也会统筹考虑，平衡使用。我知道这些钱来之不易，是母亲的辛劳所得，一点也不敢浪费。

除了现金，母亲还经常给我寄全国粮票，那时候是计划供应时代，买点心一类的副食品，光有钱还不行，必须有粮票。全国粮票比地方粮票使用范围广，可以在全国所有地方使用。每月的粮票用不完的话，

1980 年版人民币 1 元面值、1 角面值

也可以拿到市场上换鸡蛋等物品。

母亲对我的身体健康非常关注，我大学时常犯胃病，母亲常常为我拜医寻药，有新的胃药，就会买来寄给我，让我及时服用。

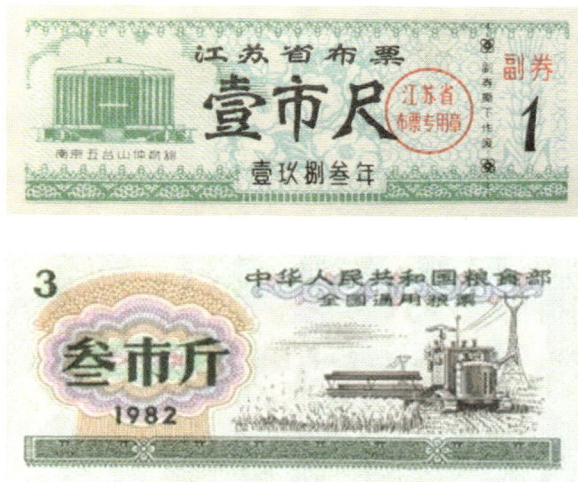

20世纪80年代的布票、粮票

下面是母亲1980年5月6日给我的第十三封来信。

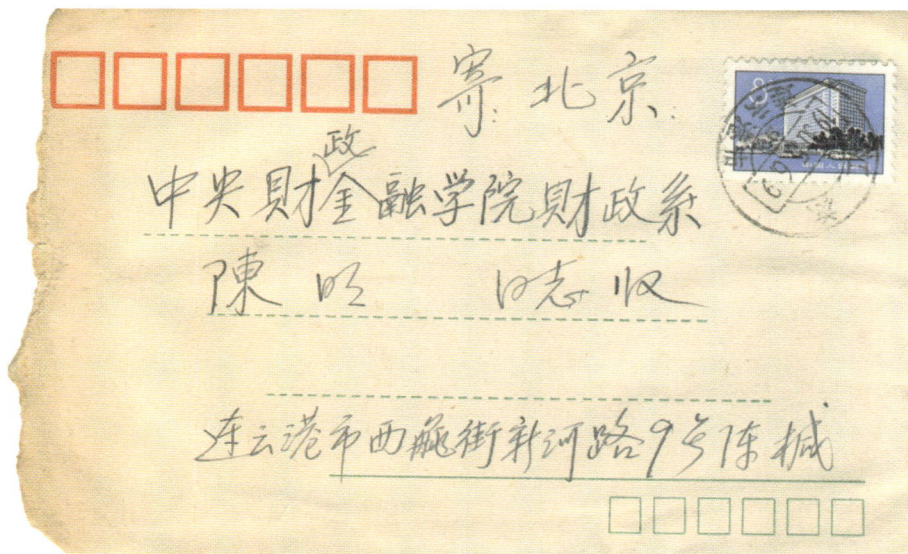

明儿：

　　来信和相片都收到了，很为高兴，但看到你的照片很为瘦，不知是何道理。现在胃还痛不痛？如痛的话，新地才来一种胃药名叫"胃友"，对胃这方面效果很好，你如要的话，不要买，我寄给你。春天的时间长，但不知你的饭量怎样？每天无论如何一定要增加一些副食品，不然营养是跟不上的，千万不能将就。今由邮局寄上人民币30元，望查收，这钱是寄给你专门增加营养需用，不要买任何其他东西，如需要买其他东西的话，我另外再寄钱去。望儿一定要注意身体健康，没有好身体，再有多大学问，也是不能胜任的。最近身体如何？一定要写信告诉我，为什么这样瘦。

　　由信内再给你十斤粮票以作买副食品需用。今年的暑假你大姐还是叫你来家，生活上也能改善一下。我还要再说一下，要注意安全，保重身体，无事不出校门，一心集中精力，搞好学习，这是母亲唯一的希望。你需要什么，母亲一定照办，但不必要花的钱可以暂不花，学习之外的闲事，最好不做。你姐夫去南京学习还未回来，炒面就不寄了，给你粮票就请北京同学办吧！我看北京那位同学身体很好，可以向其学习，业余时间，可多锻炼。家中一切都好，希不要挂念。

　　专此，祝你
身体健康，学习进步！

母字

80年5月6日

明兑：　来信和你像片都收到了，很为高兴，但看到你的相片很为瘦，不知是何道理。你现在胃还痛不痛，如痛的话，新地方来一种胃药名叫"胃友"对胃这方面效果很好，你如要的话，来信要，我寄给你。春天的时间去，但你以你的饭量怎样，每天无论如何一定要增加一些付食品，不然营养是跟不上的，千万不能疼就今由邮局寄去人民币30元望查收。这钱是寄给你专门增加营养需用，不要买任何其它东西，如需要买其它东西的话，我另外再寄法。望兑一定要注意身体健康，没有好身体，再有多大学问，也是不能胜任的，最近身体如何？一定要写信告诉我，为什么这样瘦？

由信内再给你十斤粮票以作买付食品需用，今年的暑假你大姐还是叫你来家，生活上也能改善一下，我还有再说一下要注意安全，保重身体，无事不出校门，一心集中精力，搞好学习。这是母亲唯一的希望，你需要什么，母亲一定以力，但不必要乱花的钱可以乱花，学习之外，没用了，最好不做，你姐夫去南京学习还未回来，纷乱就不寄了，给你粮票就请北京同学办吧！我看北京那位同学身体很好，可以向其学习，业余时间，可多锻炼，家中一切都好希不要挂念

至此　祝

你身体健康，学习进步！

　　　　　　　　　　　　母字 80.5.6

第十九封信

1980 年 10 月 31 日

记得刚到北京没几天，我就流了鼻血，后来才知道，主要是北京气候干燥所致。后来，我见到了传说中的沙尘暴，那真是漫天黄沙，暗无天日，能持续整整一天。北京的女士们上街，为了防尘，头上都要蒙上一个纱巾，这也成了一道风景。

因为水土差异，我在北京多少有些不太习惯，加上计划供应的粮食当中有一定比例的粗粮，粗粮不好消化，导致我经常胃疼。

母亲知道了以后，非常焦心和担忧，要么给我买药，要么寄钱让我去医院检查，在来信当中也会常常提

我读大学期间与母亲的合影

及，比我自己还关心我身体的健康状况。

对于我的健康，母亲每封信都是千叮咛、万嘱咐，足见母亲的担心和忧虑，也表现出了母亲对我的无限关爱。

下面是母亲1980年10月31日给我的第十九封来信。

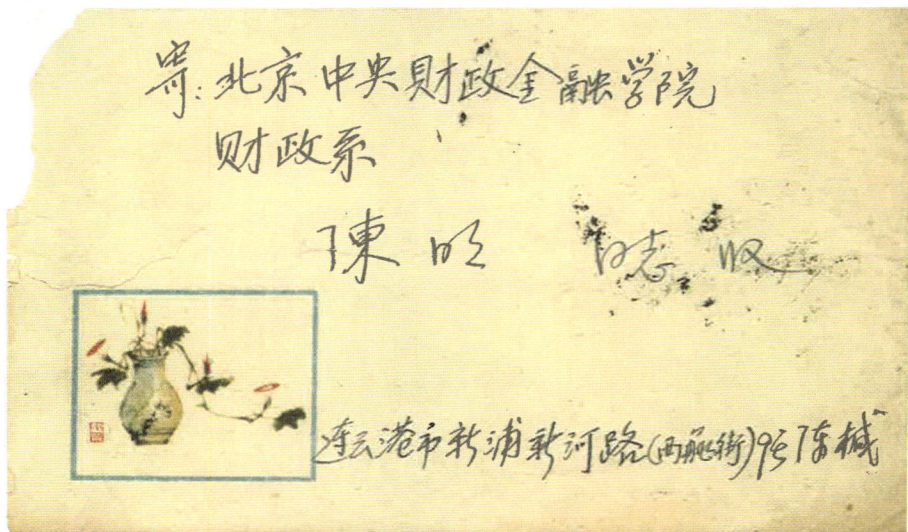

明儿：

汇来的家庭小顾问收到了，祈勿念。天气渐渐冷了，你一定要多穿些衣服保护它，胃就不至于常疼了。饮食更宜要有规律，不要吃得太饱或受寒，再吃点胃友，肯定能恢复好的。我于10月25日寄去胃友四盒和些糖果想已收到，望接信后即速来信告知以免惦念。

明儿，母亲近来身体很好，我的身体只要不生气不焦心就好了，希你多听母亲的话，做母亲的就舒心了。我还是要再叮咛再嘱咐，就是在求学时间一定要把精力放在学习上，锻炼本领为祖国四化立功，在这黄金时代里，千万不要贪玩，到处去看景致，无事不要出校门

（非院校集体出去的千万不要出去），就是（星期）在假日，可以在校自学，亦不要去同学家玩，要知道学好了，玩的时间还多着呢！千万要听母亲的话。今年据说天气要冷，我准备下月份寄钱给你买大衣。家中一切都好，祈勿念。

　　专此，祝你

身体健康！学习进步！

母字

10月31日

　　接信后即速回信以免挂念。

　　明儿，母亲的话千万要领会，要记住。

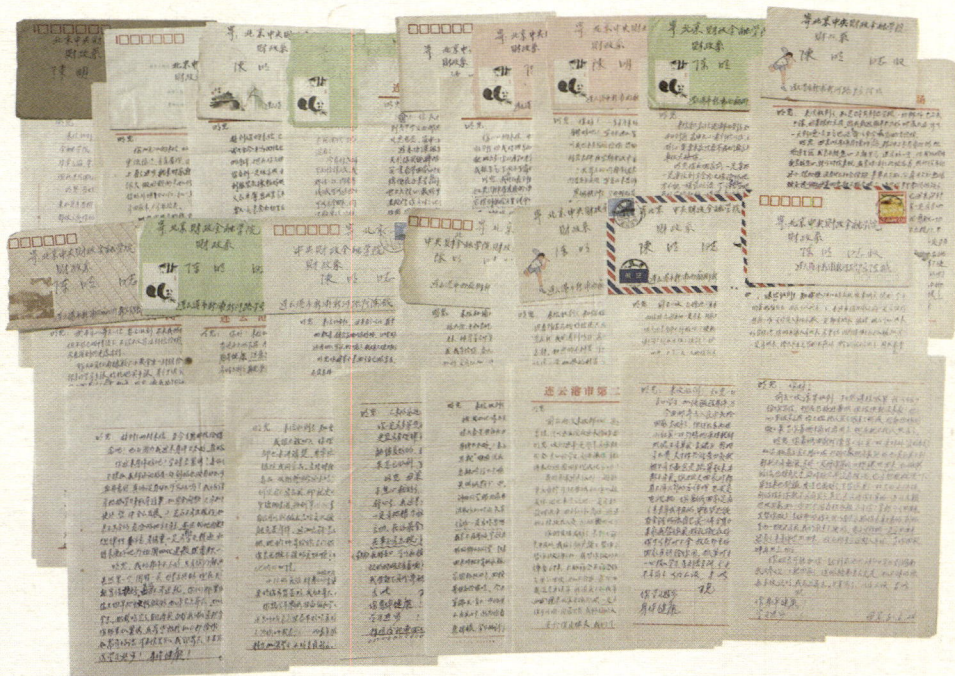

部分家书原件

旺兒：汇来的家庭小顾问收到了，祈勿念。天气渐冷了，你一定要多穿些衣服保護他（胃），就不致于常痛了，飲食更宜要有规律，不要吃得太饱或受寒再吃凉，胃友肯定能恢复好的。我于10月25日寄去胃友四盒和些苹果慈已收到，望接信后即速来信告知，以免惦念。

旺兒，母亲近来身体很好，我的身体与爹不生气不焦心就好了，希你多听母亲的话，做母亲的就舒心了。我还是要再叮咛再嘱咐，就是在求学时间一定要把精力放在学习上，锻炼本领为祖国四化立功，在这黄金时代里，千万不要贪玩，到处去看景緻，无事不要去校门（非院校集体出去的千万不要出去），就是（星期）节假日可以在校自学，亦不要去同学家玩，要知道学好玩的时间还多着呢？千万要听母亲的话，今年据说天气要冷，我准备下月份寄新给你买大衣。家中一切都好，祈勿念。

专此 祝

你身体健康！！

学习进步！

母字 10.31日

接信后即速回信以免挂念。旺兒母亲的话千万要领会要记住

第二十六封信

1982年3月1日

1978年中央财政金融学院复校的时候，百废待兴，有些课程连教材都没有，是临时打印的学习材料。所以那时候我们学校的课程并不太多，任务也并不饱满，只要上课认真听讲，认真记笔记，考试前好好复习，课程通过是基本没有问题的。

业余时间一多，我用在书画这一业余爱好上的时间也就多了。没课的时候，我常常会去中国美术馆、琉璃厂、荣宝斋等地方，看展览，参加艺术活动，拜学名家。

我对书法的爱好，应该说是从小受了母亲的影响。以前每逢春节，母亲都要书写春联，

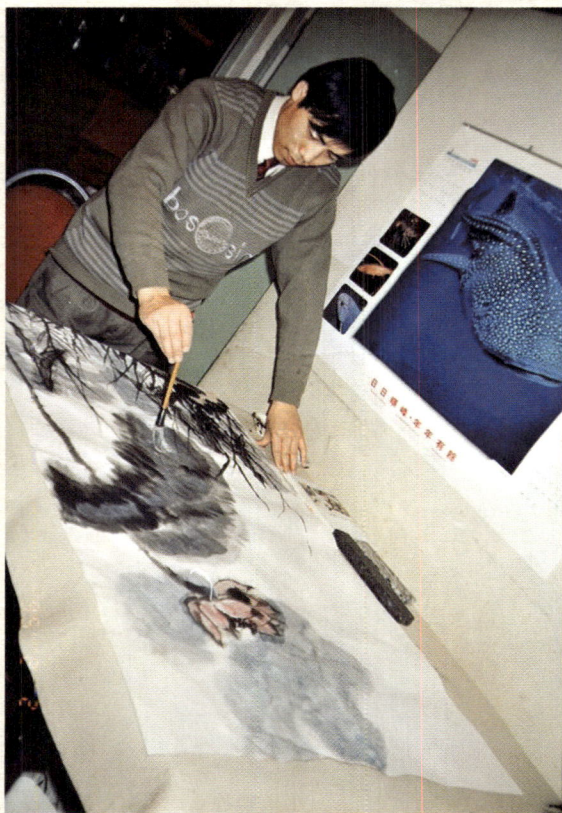

我一直坚持书画爱好

我就会在边上打打下手，帮着张贴，日子久了也慢慢地喜欢上了书法。上了大学以后，我的书法爱好也坚持了下来，有计划地坚持练习，四年大学没有中断过。如果说现在书法上有点成绩的话，与我大学期间勤奋临帖和持之以恒有很大关系。

母亲知道，我的这些爱好也占用了我不少时间。因此，在信中提出要求，在最后一年的学习当中，业余爱好要暂时地放一放，等以后工作了，业余时间多了再继续。从中可以看出，母亲对我的管理和要求考虑得非常周到，是无微不至的。

下面是母亲1982年3月1日给我的第二十六封来信。

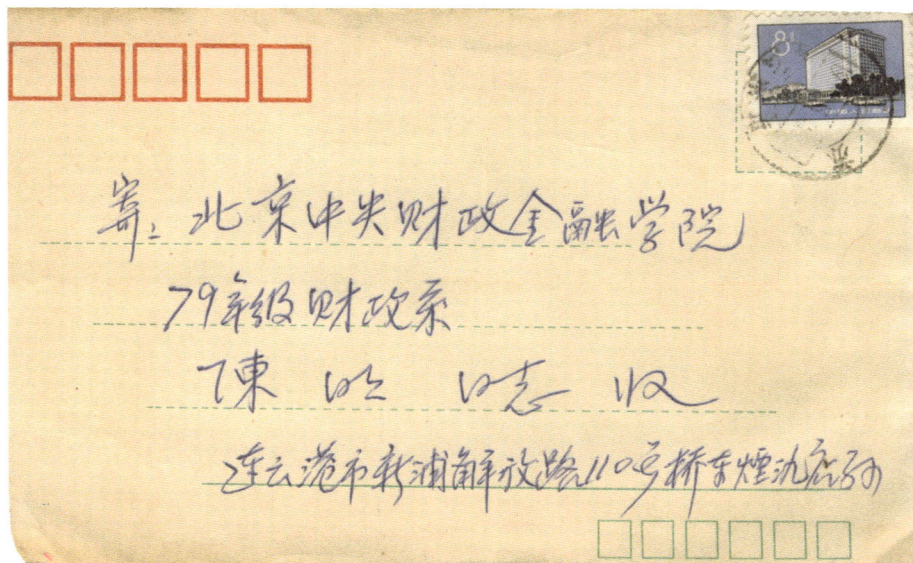

明儿：

你的来信，早已收到，本想即时回信，只因我们的新地址，户口还未迁，但时间长不写回信给你，我又惦念，所以我还是写给你我才放心。

明儿，时值春令，一定要保重身体，注意冷热，对饮食更不能马虎。你的胃痛，现在还痛不痛？胃友我已办好，你姐夫最近可能不出发，因为最近要到党校学习三个月，你如果需要我可以寄去，如不需要，那就先放在家中。明儿，你快要毕业了，在这一年中一定要抓紧时机努力学习，尤其是英语口语，更要上劲，千万不能把这黄金光阴浪费掉。画画最近不要锻炼，那等以后业余时间机会可多着呢！

其次就是要注意安全，无事不出校门，多学习，少问闲事，交友择善良，要德才兼备，娱乐场所少去，是非之地坚决不去，课余时可以锻炼写作，要学书写大字，要学写美术字，这些到工作岗位上，都是要用到的，而且是常用的。你的图章已刻好了，如有机会就带去，如不然就等你暑假回家再用。要增加营养，晚间自习后，一定要冲点麦乳精或奶粉吃，这一方面不要你节省，吃完了你就再买，钱用光了，我马上就寄去，一定要锻炼一个健康的身体，没有好身体，那什么事情都办不好的，千万千万要注意营养，加强锻炼，切切牢记母话。不多写了。

祝你

学习进步！身体健康！

母字

3月1日

每月一定来一封家信，仍写新浦解放路110号桥东烟酒店。

旺旺：你的来信、早已收到、本想即时回信，只因我们的新地址，户口还未迁。但时间发不写回信给你望眼欲穿惦念、所以我还是写给你我才放心。

旺旺，时值春令，一定要保重身体，注意冷热。对饮食更不能马虎，你的胃痛、现在还痛不痛，胃友我已办好，你如果最近可能不去发！因为最近要到党校学习三个月，你如果需要我可以寄去、如不需要，那就先放在家中，旺旺你快要毕业了，在这一年中一定要抓紧时机努力学习，由其是英语、口语，更要之功，千万不能把这黄金光阴浪费掉，画画最近不要锻练，那些等些余时间机会可多着呢！

其次就是要注意安全，无事不去校门，多学习，少向前。交友择善良，要德才兼备，娱乐场所，去，是非之地坚决不去，课余时可以锻练写作，要学写大字，要学写美术字，这些到工作岗位上，都是要用到的，而是常用的，你的图章已刻好了，如有机会就带去，如不然就等你暑假回家再用，要玩加鲜耸，晚间借日没，一定要冲关麦、乳糖、或奶粉、喝，总一方面不要你省省，喝完了你就再买、等用完了，我马上就寄去，一定要锻练一个健康的身体，没有好身体，那什么事情都办不好的，千万千万要注意营养、加强锻练，切之牢记母话。

不多写了，祝

你学习进步　身体健康

田芳　3.1

每月一定来一封家信　仍写新浦介放路110号桥东烟头底

第二十七封信

1982 年 4 月 26 日

　　母亲不但对我的学习和生活给予了无微不至的关心和照顾，同时也非常关心外孙们的学习。

　　我上学期间，母亲经常让我给三个外甥买些学习的书籍，让他们好好学习，尽早成才。

我与母亲、姐姐，还有三个外甥

姐姐家老大是女儿，在连云港市百货批发部做会计工作，朴实贤惠，工作认真敬业。

老二是儿子，高中时学习成绩很好，全年级第一名，也加入了共青团。母亲经常让我寄一些书籍和参考资料给他，也要求我在信中对他给予鼓励。后来他考上了建筑学院，学习土木工程专业，毕业以后回到了连云港市工作，敬业认真，勤奋努力，做出了很多的成绩。

姐姐家的老三也是儿子，母亲写这封信的时候他在读初三，学习很用功，成绩也很好。现在是连云港市政协委员，在一家工程监理公司任总经理，业绩很好。

1982年的下学期，学校教学计划安排的课程基本上都要结束了，到9月份就要进行实习安排。那时候我有了考研的想法，开始积极准备考研。

下面是母亲1982年4月26日给我的第二十七封来信。

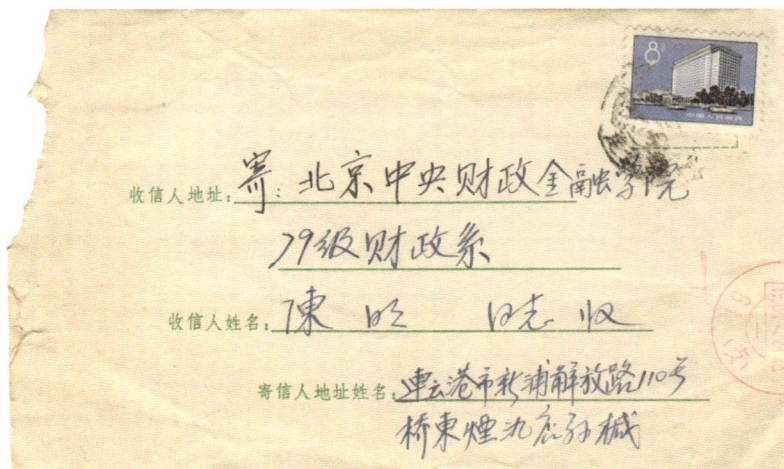

明儿：

来信收到了，阅后心里非常高兴，儿的身体好了，那我比什么喜事都高兴，因为身体是革命的本钱，但希望你不能对身体锻炼和饮食方面的注意（尤其是营养方面）有一点疏忽。你的零用钱还有吗？妈妈准备下月份再寄些给你。

我的身体也很好，于4月13日去南京你四舅那里去玩玩，在那里住了四天又跟顺便车回来了，他们也都很好。小睿今年夏天就要高考了，他学习很好，南京市团总支评他为三好学生（全南京市评的），看来高考是不成问题的。我在南京又替你买了一套咖啡色纯涤纶的衣料，准备你暑假来家时好替你做。明儿，你准备要参加研究生考试，妈妈很高兴，你有这样的雄心壮志，妈妈尽一切力量支持你。你不但要积极学习，同时在全国开展"五讲""四美"的活动中，要树新风、做好事、讲品德，要做一个德、智、体兼优的好学生。

明儿，你信中言及六月份（注：实习的时间是9月份）要实行工作学习，但暑假是如何处理的？还是不放假呢？如果要不放暑假，那我就准备在你假期中去和你在北京一同过暑假生活；如果放假的话，那你来家，可以提早回去，我就跟你一同去。希你来信说清楚。

明儿，我准备去时带点虾米、大乌干等送你要好的老师，你看可以不可以。

明儿，在这短短的一年中，不但要把学习学好，身体锻炼好，最主要的是安全，因为你的年龄小，妈妈一时一刻都在惦念着你。就是说每天除好好学习外，一般不出校门，闲暇时在校内玩玩，不要到外面去玩，大地方，人烟嘈杂，车马云集，是不安全的。明儿，千万要听妈妈的话，安全第一。

　　文烜本学期在学校考试是第一名，全年级也是第一名，又光荣地批准为共青团员，你下次来信可以另外写一份给他，对他再进一步鼓励，叫他戒骄戒傲，乘胜前进！

　　家中一切都好，希不要挂念。

　　专此，祝你

身体健康！学习进步！

母字

1982 年 4 月 26 日

　　新地址的户口还未迁，你大姐准备小三考过学校再迁。

我与母亲、姐姐

昭兕：　　来信收到了，阅后心里非常高兴。兕的身体好了，

那我比什么喜事都高兴，因为身体是革命的本钱。但希望

你只能对身体锻炼，和饮食方面的注意（尤其是营养方面）

有一关键应急，你的零用钱还有吗？妈之准备下月份再些给你。

　　我的身体也很好。於4月13日去南京你四舅那里去了次久，

在那里住了四天又跟顺便車回来了，他们也都很好，小睿

今年夏天就要考了，他学习很好，南京市团总支，评他为三好

学生（全南京评的）看来考是不成问题的。我在南京又替你

买了一套咖啡色纯涤纶的衣料准备你暑假来家时好替

你做。昭兕：你准备要参加研究生考试，妈之很高兴，你

有这样的雄心壮志，妈之尽一切力量支持你，你不但要积极

学习。时时在全国开展五讲"四美"活动中，要树新风，做好，

讲卫生。要做一个。德。智。体。兼优的好学生。

　　昭兕：你信中意及六月份要实习工作学习，但暑假是如何

处理的，还是不放假呢？如果要不放暑假，那我就准去你

假期中去找你在北京一同过暑假生活，如果放假的话，

那你来家，可以提早回去，我就跟你一同去。希你来信说清楚。

　　昭兕：我准备去时兼买些下来，大鸟干菜送你要好的老师

你看以，不可以。

　　昭兕：在这短之的一年中。不但要把学搞好。身体锻炼好。

最主要的要安全。因为你的年龄小。妈之一时一刻都在怀念着你，

就是说每天除好之学习外。一般不去校门。用的时在校内说之

不要到外面去玩，大地方，人烟稠密，车马云集，是不安全的，切要：千万牢记妈妈的话，安全第一。

文煊本学期在学校考试是第一名，全年级也是第一名，又光荣地批准为共青团员，你下次来信可以另外写一信给他，对他再进步鼓励，叫他戒骄戒躁，乘胜前进！

家中一切都好，希不要挂念。

此致

祝

你身体健康！

学习进步！

母字 1982.4.26

新地址的户口还未迁，你大姐准备小三考过学校再迁。

第二十九封信

1982 年 9 月 19 日

　　母亲希望我一周能写一封信，至少每两周能接到我的信。但那时候，信件都是通过火车运输的，从北京到连云港，一封信至少得走三天，最快也需要两天。所以，母亲一封信寄出后，最快七天能收到回信就很不错了。母亲如果十几天没有接到我的信，就着急了，到处打听，担心我出了什么状况。

　　我成家了以后，有几回母亲联系不上我，给我要好的同事挨个打

我与母亲

电话询问。我跟母亲说，你不要这样打扰人家，她说联系不上我，她心里着急，没办法，只好打电话给经常和我联系的人，一旦有了我的消息，她也就放心了。

母亲在信中经常要求我，要照顾自己的身体，注意营养，千万不要省钱；可母亲自己却辛苦挣钱，省吃俭用，大部分的收入都用在了我的身上，母亲的养育恩情，我永生难忘。

到了1982年的下半年，母亲对我将来的分配问题，提出了自己的想法，她希望我能够分配回江苏南京，这样对她的晚年生活也会有个照顾，母亲当时的想法就是这么简单。

下面是母亲1982年9月19日给我的第二十九封来信。

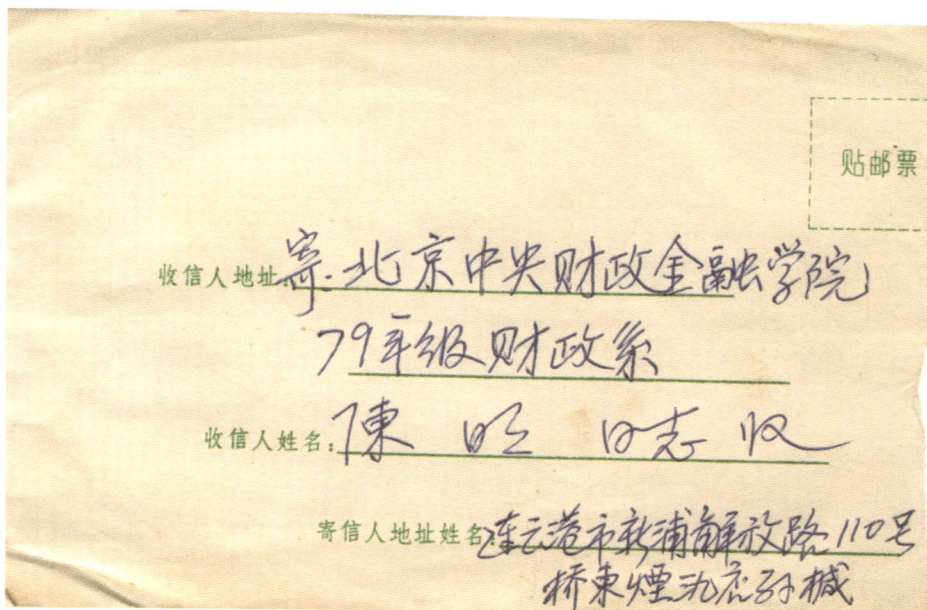

贴邮票

收信人地址 寄·北京中央财政金融学院
79年级财政系

收信人姓名 陈旺 同志收

寄信人地址姓名 连云港市新浦解放路110号
桥东烟九杂孔城

明儿：

你好！你的第二封来信收到了，母亲心中很高兴。我为什么很着急呢？因为你的个性我是知道的，不是那样调皮的孩子，或是不听母亲话的孩子，是一个懂得道理，而又非常孝顺的孩子。所以我十几天未接到你来信，心中很为不安，连睡觉都不能睡，到处问，看人家信来了，我更着急，又跑到猴嘴，恰巧滕毓玲的妹妹刚从北京回来，她说看到你的，我这才放心，第三天又接到你回信给我，才知道邮差这个东西，把信丢失，至今还不知把信送到哪里。我们一切都好，我的身体也逐渐好转，祈勿念！

明儿，母亲的愿望和要求，是经常和你谈的，你要牢记，不能忽视。因为你母亲的身体不好，不能焦虑，但现在关于你的分配问题，母亲时刻都放心不下，因为你如分得太远，母亲身体不好，你的年龄又小，如何能放心得下。据有关人谈，要自己去争取，所以妈妈和你讲，在学期最后这一年是关键的一年，明儿，你一定在这一年当中，下苦功，争取三好生，在德智体三方面争取优秀，那是分配的标志，也是自己的根本，千万千万要认真对待母亲的要求。

同时对安全方面，要知道母亲的一生，就是你大姐和你姐弟二人，那我情愿叫我自己艰苦，也不愿叫你姐弟二人受罪，所以妈妈还在辛勤地劳动着，为你们将来生活过得好一些。但你要听妈妈的话，千万千万注意安全，无事不出校门，专心学习，认真研究，将来好做一个名副其实的大学生，为祖国四个现代化贡献力量！危险的地方不能去！违法的地方不要去！专心向学。要按北京师范学院李燕杰教授讲学的条件去检查自己，鞭策自己，将来能成为一个既有高等文化，又有社会主义道德品质的优秀青年，为祖国出力，为母亲争光！

照片照好了，这次未寄给你，因为我们出去参观还未定下来，如去北京我就带给你。明儿，你在这最后一年的学习，是艰苦的，但对身体千万不能马虎，要注意营养，早餐的玉米稀饭，你就不要吃了，买点馒头，冲点奶粉就行了，或到邻近吃碗面条或包子都可以，在营养方面，不能节省，妈妈是会满足你的费用的，因为身体是革命的本钱，没有好身体，那什么事都办不好！你带的钱如用完，来信我马上就寄去，家中一切都好，祈不要挂念，不多写了。

祝你

身体健康！学习进步！

母字

1982 年 9 月 19 日

中秋节、国庆节快到了，你多买点好菜吃。月饼也要买些吃吃，不要省钱。

晓鸥：你好！你的第二封来信收到了。母亲心中很高兴。我为什么很着急呢？因为你的个性我是知道的，不是那样调皮的孩子，或是不听母亲话的孩子，是一个谨遵道理，而又非常孝顺的孩子。所以我十几天未接到你来信，心中很为不安，连睡觉都不能睡，到处问道，看人家信来了，我更着急，又跑到猴哪。恰巧腾毓珍的妹々刚从北京回来，她说看到你的，我这才放心，第三天又接到你信给我，才知道邮局这个东西，把信丢失，至今还不知送到她信那里？我们一切都好，我的身体也还是好勿挂勿念！

晓鸥，母亲的愿望和要求，是经常和你谈的，你牢记不能忽视，因为你母亲的身体不好，不能生气。但现在关于你的分配问题，母亲时刻却放心不下，因为你们分的太远，母亲身体又不好，你的年龄又小，如何能放心得下，现在要人谈，咱们比去争取，所以妈々和你讲，在学期最后这一年是三年是关键的一年，晓鸥，你一定在这一年当中，下苦工，争取三好生，在德智体三方面争取优秀，那是分配的标志，也是自己的根本，千万，千万要认真对待母亲的要求。

旧时对劳全方成家要亲的一身，就是你大姐和你姐第三人，那我情愿叫我们艰苦，也不愿叫你姐第三人受罪，所以妈々还在辛勤的劳动着，为你们将来生活过得好一些，但你要听妈々的话，千万千万注意安全，无事不出校门，安心学习认真研究，将来好做一个名付其实的大学生，为祖国四个现代化贡献力量！危险的地方不敢去！违法的地方不要去！专心向学，学按北京师范学院李燕杰教授讲学的条件去检查自己鞭策自己，将来就成为一个既有高尚文化，又有社会主义道德品质的优秀青年，为祖国出力，为母亲争光！

　　些也些好了，这次来寄给你，因为我们出去参观，还未定下来，如去北京我就地给你，吃点，你这最后一年的学习，是艰苦的但对身体千万不能马乎，要注意营养，早晨的玉米糊饭，你就不要吃了，买来馒头，冲点奶粉就对了，或到附近吃不要五角或色子都可以，花营养方正，不能节省，妈是会满足你费用的，因为身体是革命的本钱，没有好身体，那什么事都办不好，你地的裤如困完，来信我马上就寄去，家里一切都好，请不要挂念！不多写了

　　　　　　　　祝

你身体健康！　　　　中秋节、国庆节快到了你多买只好菜吃。
学习进步！　　　　　月饼也要买些吃，不要省钱。

　　　　　　　　　　　　　　母字
　　　　　　　　　　　　　　1982. 9. 19.

第三部分

端志向

志之所趋，无远弗届。穷山距海，不能限也。

1982年9月，中国共产党第十二次全国代表大会在北京召开。邓小平在大会开幕词中第一次明确提出"建设有中国特色的社会主义"这一崭新命题。党的十二大把农业、能源和交通、教育和科学作为经济发展的战略重点，从而确立了教育在整个社会主义现代化建设中的战略地位。十二大以后，我国经济体制改革全面展开。

这一年，邓小平会见英国首相撒切尔夫人，阐述了中国政府对香港问题的基本立场。

在经济迅速发展的大背景下，中央财政金融学院于1982年正式获得学士学位的授予权，并迎来复校后第一届学生的毕业典礼。在这一年，我站在了人生中的重要路口——要对毕业后的人生，做一个选择。

第三十封信

1982 年 10 月 18 日

母亲是连云港市民主建国会的成员，也是市政协委员。母亲对政协工作非常认真负责，每年开会都会提出自己的工作意见及建议。

上学期间，母亲曾两次来北京看望我。那时候母亲已经60多岁了，但身体还是很不错的，也愿意到各处去走走看看。我带她去了北京动物园、颐和园、北海、天坛等地方。

我与母亲在校门口留影

母亲在北京留影

我与母亲在北京留影

下面是母亲1982年10月18日给我的第三十封来信。

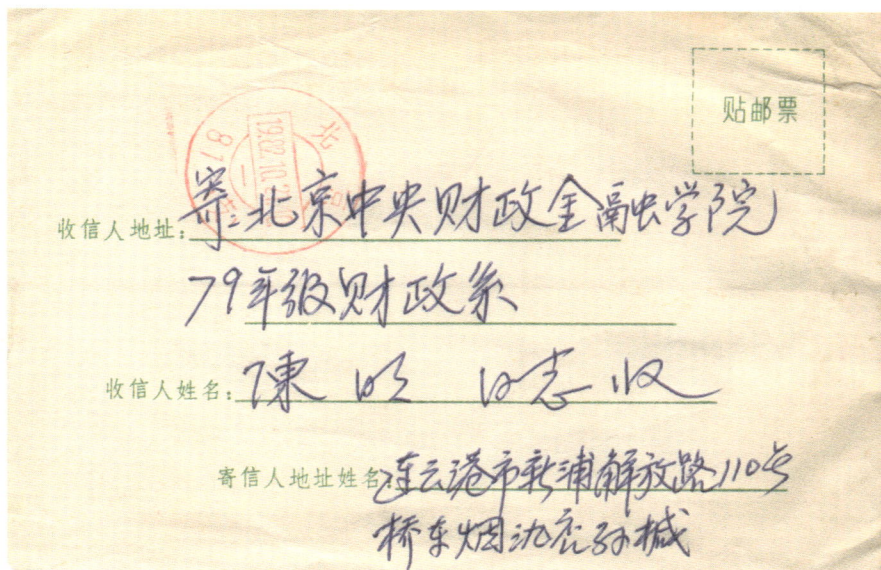

明儿：

你好！来信收到了，知儿一切都好，母亲很为高兴。关于你报考研究生问题，我和你姐夫、姐姐、大哥都商量一下，又将你的信给他们看了，我和他们的意见是一致的，都同意你报考，因为是考上了更好，如考不上也同样地分配，要真真地能考上，母亲还能再工作几年，尽量培养你。不过要考的话，那肯定要付出相当的精力，对营养方面，决不能马虎，如定下来报考，妈妈马上再寄钱给你增加营养。

最近我接到宝宝寄给我一信，他已录取考入合肥中国科技大学，是生物系，到校院后，试考又是最高分，担任英语课代表，并对我表示一定要刻苦学习，将来成名成家，为祖国四化多贡献，为孙家争光，不但要报考研究生，还要争取出国，看来孩子的志向是不小的。

明儿，你的志向，你的品德，你的学习毅力，妈妈是知道的。你是个好孩子，妈妈非常爱你，你一点也未用妈妈操心，所以我对你学习的分量是不清楚的，但无论如何要保护好身体，如没有好身体，那什么事也办不成了。千万千万要牢记妈妈的话，保护好身体，注意安全，经济方面那就不要算细账，一切妈妈是可以负担的。关于我参观一事，至现在还未定下来，大概是到南方多。你院校的余老师（注：指后文的俞老师），已到新浦财校上班，他在一天星期日的下午来小店找我，恰恰我未摆班，未见到他，我抽时间又到财校找他，又未找到他，我想等你放假来家，我们可以请请他，你看如何？

相片照好了，我不准备寄给你，报纸也登出来了，等你来家时，一并再看吧。

我们家中一切都好，希不要挂念，我的身体最近也很好。你接信后，关于我们的建议，你要慎重地考虑一下，机不可失，时不再来，黄金时代，千万不能放过。小红的古文书收到了，你大姐很高兴，说你对孩子们关心。她叫我寄月饼和栗子给你，我未同意，新地月饼质量不好，又是油东西不好寄。你可以多买点吃吃，拣那高级的买，不要省钱。我们家在国庆节假期，你姐夫和小孙打了一个书橱和一副床头，他说等你结婚时，要替你办高级的家具。希你好好学习，向小睿看齐。不多写了。

　　祝你

身体健康！学习进步！

妈妈于灯下

10月18日

　　孙睿地址：中国科学技术大学八二级生物系（49信箱），"睿"字不知写未写错，你查一下字典。

我与母亲在北京留影

旺儿：你好！来信收到了，知儿一切都好。母亲很为了些关于你报考研究生问题，我和你姐夫、姐之、大哥都商量一下，又将你的信给他们看了，我和他们的意见是一致的，都同意你报考。因为是考上了更好，如考不上也同样的学习，努力的就考上。母亲还能再工作几年，尽量培养你，不过要考的话，那肯定要费去相当的精力，对营养方面，决不能马乎，如定下来报考妈之马上再添补给你增加营养。

最近我接到宝之哥给我一信，他已录取考入合肥中国科技大学，是物理系。到校院后试考又是最好，担任英语课代表，并对我表示一定要刻苦学习将来成名成家，为祖国四化多贡献，为国家争光，不但要报考研究生，还要争取出国，看来孩子的志向是不小的。

旺儿：你的志向、你的志愿、你的学习毅力，妈之是知道的，你是個好孩子，妈之非常爱你，你一类也未用妈之操心，所以我对你学习的份量是不清楚的，但无论如何要保护好身体，如没有好身体那什么事也办不成了，千万千万要牢记妈之的话保护好身体注意安全，经济方面那就不要拼细账，一切妈之是可以负担的。关于我参观一事，参观还未定下来，大院是到南方去，你院校的余老师，已到浦财校上班，他花一天星期日的下午来小店找我，恰巧我未摊班未见到他，我抽时间又到财校找他，又未找到他，我想等你放假来家，我们可以该文他，你看如何？

像儿也好了，我不准备寄给你，报单也登去来了，等你来家时，一伴再看吧！

我们家中一切都好，希不孕挂念，我的身体最近也很好，你接信后，关於我们的建议，你好作慎重的考虑一下，机不可失，时不再来，黄金时代，千万不能放过。

小红的古文书收到了，你大娘很高兴，说你对孩子们关心，她叫我寄月饼和果子给你，我未同意，新他月饼顶多不好，又是油东西不好寄，你可以多买点吃么，拣那高级的买不孕老钱。我们家在国庆节假期，像姐夫和小弘打了一个书厨和一付床头，他说等你结婚时，孕替你力了高级的家具，希你好之学习像小睿看齐，不多写了。

祝
你身体健康！
学习进步！

邓睿地址：中国科学技术大学八二级生物系（49位箱）

睿字不知写未写错你查一下字典   妈之於灯下
10.18

第三十八封信

1983 年 7 月 15 日

一开始，母亲希望我回江苏工作，能够和她生活在一起，对她的晚年生活能有一个照顾。为此，母亲甚至专门给我当时的系领导写过信，强调自己身体不是很好，常年寄居在女儿家，但女儿家里孩子多、生活负担重，所以希望系领导能够照顾我们家庭的情况，在分配的时候，尽量把我分回江苏工作。

最后，学校还是决定让我留校，并把我分配在教务处教务科工作。我征求了母亲的意见，母亲也欣然同意了。母亲认为，孩子在首都高校工作，工作层次高，收入稳定，安全无风险，有发展前途，如果将来工作不满意、不顺心，从北京再往地方调动，也要方便容易得多。

虽然工作分配的结果事与愿违，但是母亲还是决定，不再考虑自己晚年生活需要人照顾的实际困难，而是为孩子的前途及未来着想，让我留在北京。

母亲说："你千万不要为了照顾我，而耽误了你自己的前途。"

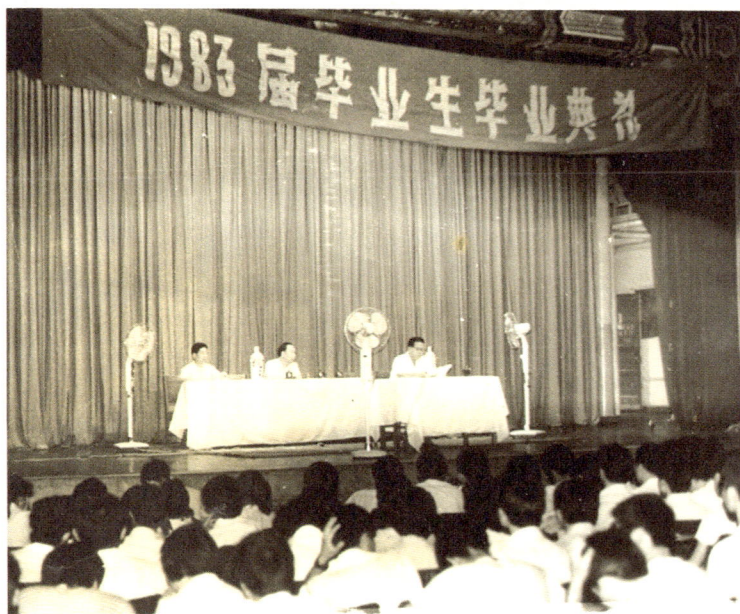

1983年我的毕业典礼

　　那个时刻，母亲为了我，决然放弃个人利益，体现了母亲的大局观和大爱。我很受感动，至今难以忘怀。

　　下面是母亲1983年7月15日给我的第三十八封来信。

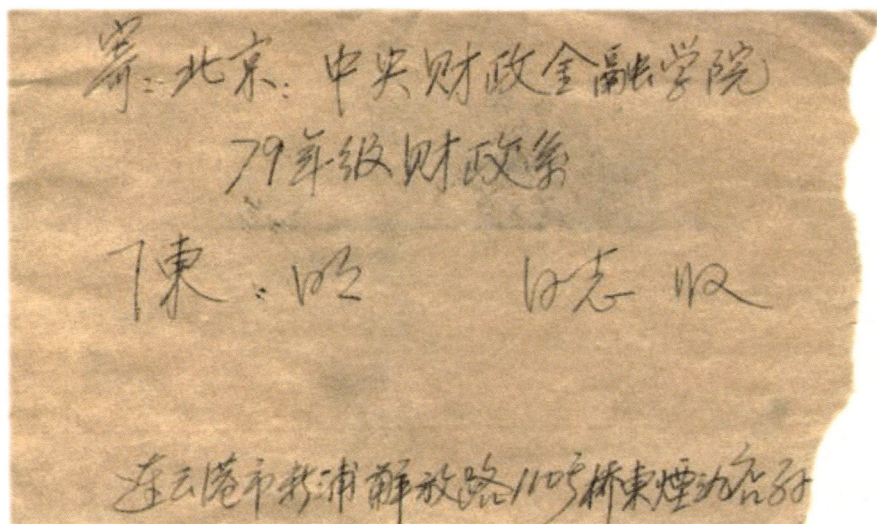

明儿：

　　你好！来电悉，知儿荣分留校，母亲和你姐姐、姐夫都很高兴。感谢党的培养，感谢院校领导的教育和爱戴，我们全家表示衷心的感谢！

　　明儿，你马上就要放假回家了，但你带去的所有衣物，都希起件带回（除你应用的书籍可留放合适地点），因你的被褥全都要换新的，被里已不能再用了，还有不能穿的衣服等，不作用的东西都带回来吧！但不要随身带，可以花钱起件，因为车上拥挤。

　　近来我的心情万分地高兴，你姐姐也光荣地参加了共产党，现在你又分配了很好的工作。我认为你留校工作再好也没有了，因为一面工作，一面还能学习，将来能学习更好的本领，为四化多多地贡献，为振兴中华起到一定的作用。我们全家都好，希不要挂念。

　　专此，祝你
身体健康！工作顺利！

母字

7月15日

　　你所有布票可都买上等白布，做被里用，可就在你门前小店买，别的东西不要，就不要再到街里了，省得麻烦，如无钱就不要买。

晓兕：你好！ 来电悉。知兕荣分当校。母亲和你姐之、姐夫都很高兴。感谢党的培养。感谢院校领导的教育和爱戴。我们全家表示衷心的感谢！

晓兕：你马上就要放假回家了，但你此去的所有衣物，都希望带此回（除你应用的书籍可以放念远地关）因你的被被全都另换新的，被里已不能再用了，还有不能穿的衣服等，不作用的东西都此回来吧！但不要随身此，可以邮寄起来，因为车上拥挤。

近来我的心情万分的高兴，你姐之也光荣的参加了共产党，现在你又分配了很好的工作，我认为你当校工作，再好也没彩，因为一边工作，一边还能学习，将来能学习更好的率领，为四化多多的贡献，为振兴中华起到一定的作用，我们全家都好希不要挂念，末此 祝
你身体健康！
工作顺利！

（你如有布票可都买上茅白布做被里用）
可就化你们商小店买别的东西不要
就不要再到街里多麻烦麻烦如无话就不要买。

母字 7、15

第四十一封信

1983 年 9 月 16 日

为了我们的生活更好一些，母亲 60 多岁还在坚持工作，又受聘到新海中学校办商店做会计。所有这一切，母亲都不是为了自己享受，而是为了孩子们生活能够宽裕一些。可怜天下父母心，只有到了做父母的时候，才能真正理解这一点。

我工作以后，一般就不用母亲再给我寄钱了，但母亲还是经常寄钱给我。母亲经常教导我如何安排好自己的生活：每月的工资如果用不了，可以储蓄一点，这样慢慢就会有点积累，以备不时之需。

所以，刚开始工作的时候，我每月都要到西直门外储蓄所存十元钱。后来买冰箱大件的时候，就是用的储蓄的钱。

在我的工作步入正轨之后，母亲又开始关心我的婚姻问题了。

我生活的每一步、每个阶段，母亲的考虑安排都是那么周到。

下面是母亲1983年9月16日给我的第四十一封来信。

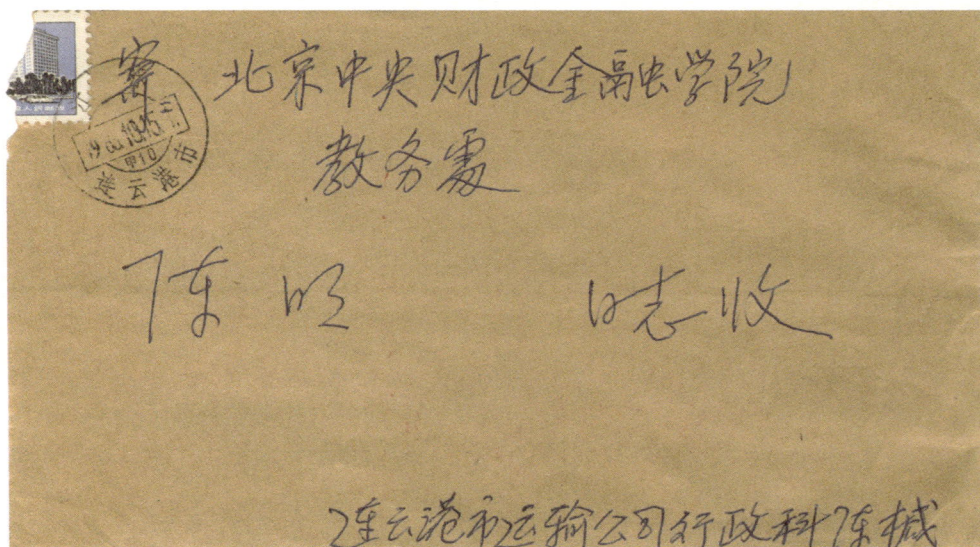

明儿：

你好！你来的两封信和寄给你二哥的书都收到了，因他往南京参观学习，所以未能即时给你回信，希不要挂念！家中一切都好，我的身体也还不错。现在我依照你的意见，小店工作我已辞掉了，实在路太远，冬天我确有些吃不消。小店也还不错，又给了奖金，开茶话会欢送。但来家还没有一星期，新海中学又开了一个综合商店，一定要我去，我看新海中学离家可近了，但还有一个幻想，就是想把小二带进去！因今年小二考高中的分数线已超过了新海中学分数线，因有高中的学校新中一概不收，所以各方面在想办法。

明儿，你的工作很顺心，那一定要利用这个好时机，抓紧学习，增加本领，为考研究生打下有力的基础，将来更好地为四化建设服务。

关于你的工资安排问题，你一定要安排好生活，不要刻苦自己，因为身体是革命的本钱。气功要坚持做，生活要有规律，要注意安全，闲暇无事可以看书，不要常出门，尤其晚间，千万不要出去。

明儿，工作要积极，思想要进步，品德要兼优。关于个人问题，一定要选择品德兼优者，因为你年龄还不大，一切家具用品，那就不用你烦心了。

现在天气逐渐冷了，你要注意，多穿点衣服，保护好胃，但不知痛不痛？胃友要不要？你的棉袄要早点找人量一量尺寸，快寄来我好替你做。大衣我如果最近不能去南京，我就写信给你四舅，叫他直接寄给你。关于每月剩余的工资，一定要把它储蓄，不要放在身边，也不要买一些不作用的东西。以后寄信回家，就不要再寄桥东烟酒店了，就寄到你大姐运输公司吧！我们家的地址，信送不到。

你的棉袄量尺寸一定要说清楚，如：身长是多少？腰围是多少？领长是多少？袖长是多少？下摆是多少？肩宽是多少？台肩是多少？袖口是多大？

切切，大衣我去信给你四舅，叫他早点寄给你。

专此，祝你

身体健康！工作顺利！学习进步！

母字

1983年9月16日

昭兑：　你好！　你来的两封信和寄给你二哥的书都收到了，因他往南京参观学习，所以未能即时给你回信，希不要挂念！家中一切都好，我的身体也还不错，现在我依此你的意见小店工作我已辞掉了，实在路太远，冬天我却有些吃不消，小店也还不错，又给了奖金，开茶话会欢送，但未家还没有一星期，新海中学又开了一个综合商店一定要我去，我看新海中学离家可近了，但还有一个幻想，就是想把小二弄过去！因今年小二考高中的分数线已超过了新海中学分数线因有高中的学校新中一概不收，所以容才正花着办法。

　　昭兑：你的工作很顺心，那一定要利用这个好时机，抓紧学习，增加本领，为考研究生打下有力的基础，将来更好地为四化建设服务。

　　关於你的工资安排问题你一定要安排好些不要刻苦自己，因为身体是革命的本钱，气功要坚持做，生活要有规律，要注意安全，用晚天了可以看书不要常出门，尤其晚间，千万不要去。

　　昭兑：工作要积极，思想要进步，品法要兼优关於个人问题，一定要选择品法兼查，因为你年龄还不大，一切家俚用品，那就不用你烦心了。

现在天气逐见冷了，你应注意，多穿点衣服，保护好胃，但不知痛未痛？胃友好不好？你的棉袄要早点找人量一量尺寸。快寄来我好替你做，大衣我如果最近不就去南京，我就写信给你四舅，叫他直接寄给你。关于每月剩余的工资，一定要把他储蓄，不要放在身边，也不要买一些不作用的东西，以后寄信回家，就不要再寄桥东煤动公了，就寄到你大姐运输公司吧！我们家的地址，信送不到）

你的棉袄量尺过一定要说清楚：

如：身长是多少？胸围是多？领长是多少？袖长是多少？
　　下摆是多少？肩宽是多少？台肩是多少？袖口是多大？

切之，大衣我去信给你四舅，叫他早点寄给你。专此

　祝

你身体健康！
工作顺利！
学习进步！

　　　　　　　　　　母字1985.9.16

第四十八封信

1985年1月6日

　　1985年，学校教务处成立了高教研究室，我从教务科调到高教研究室任副主任，副科级，这是我工作中第一次得到提拔。

　　母亲知道了以后，非常高兴，说这是党的培养、学校领导的关怀和同志们的信任，同时对我今后的工作也提出了要求。

　　母亲对我说，在工作中，一切要按照党的政策、领导的指示去做，

1996年，我为学校写新校名牌匾，并与刚写好的新校名牌匾合影

我在工作之余经常参加书法活动

遇事多请教，多和同志们商量，要戒骄戒躁、细心谨慎、刻苦钻研；工作中一定要做到：耳朵要听准一些，眼要看得宽一些，手要做得勤一些。母亲这些谆谆教导，对我日后的工作起了重要的引导作用。

上学的时候，母亲经常来信鼓励我，要好好下功夫练书法，写好美术字，我也确实是按照母亲的要求去做的，而在工作中，这些还真能用得上。

1996年，中央财政金融学院更名为中央财经大学，学校的发展进入了新的阶段。当时，我为学校题写了新校名牌匾，题写完成后，还专门与新校名牌匾合影留念。

下面是母亲1985年1月6日给我的第四十八封来信。

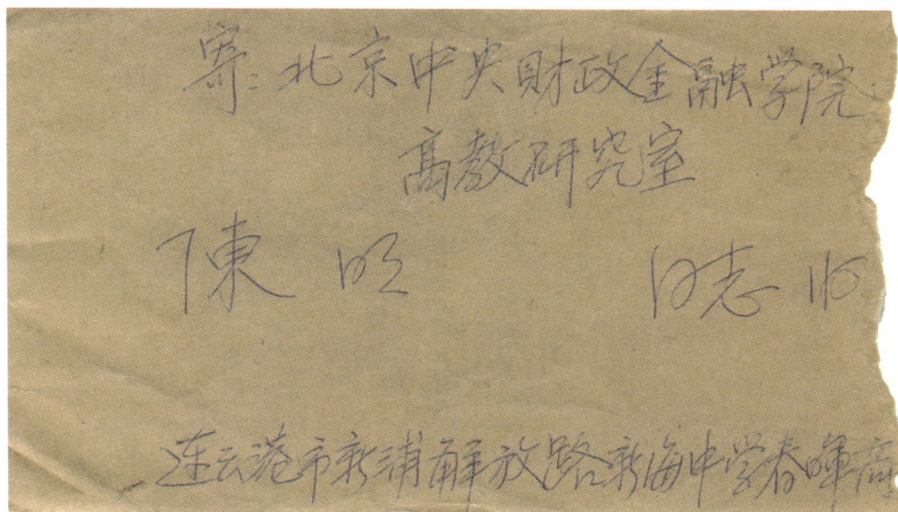

明儿：

你好！来信收到了，详情尽知，母亲很为高兴。儿调到高教研究室任负责人，这是党对你的培养，是校方领导对你的关怀，是同志们对你的信任。儿初出茅庐，身负重任，要戒骄戒傲，细心谨慎，刻苦钻研，做好工作，一切要按照党的政策、领导的指示去做，遇事多请教，多和同志们商量，创造成绩，向四化献礼！

你说今年寒天呢大衣准备不买，那怎么能行呢？因为你的棉大衣又给徐科长带回家，在这严寒的冬天能受得了吗？你不要怕贵，只要东西好，要钱我再寄给你。现在可能要贵一些，因为呢子服装，新地都涨价了，如实在没有合适的，那我再把大衣寄给你。你姐夫替你买了一件皮夹克，很好，春节回来家穿，还买了一件大衣，不知你穿合身否。

明儿，你四舅要的蜜饯如买到，你还是放寒假回家时带来吧！不要叫别人带了。我还买有别的东西，我准备今年春节和你一同去南京玩玩，小睿也在家，玩玩还是可以的。

今年放寒假一定要早点来家，因为暑假未回家，我是太想你了。呢大衣合适的话，尽量要买。小红已上班了，在市百货批发部工作，还可以。家中一切都好，希不要挂念！

专此，祝你

工作顺利！身体健康！

母字

1985年1月6日

晓晃：你好！ 来信收到了，详情尽知。母亲很为是晃调到高教研究室任负责人，这党对你的培养，是校方领导对你的关怀，是同志们对你的信任，晃初去芽庐身负重任，要戒骄戒傲，细心真克苦专研，做好工作。一切要按党的政策，领导的指示去做，遇事多请教，多和同志商量，创造成绩，向四化献礼！

你说今年寒天绒大衣准备不买，那怎么能行呢？因为你的棉大衣又给你弟弟装地回家，花这严寒的冬天就受得了吗？你不等怕贵，商量东西好，要不我再寄给你。现在可能要贵一些，因为绒子服装，新地都涨价了，如果花没有合适的，那我再把大衣寄给你。你姐夫替你买了一件皮袄克很好，春节用来家穿，还买了一件大衣不知你穿合身否？

晓晃，你四舅要的衣钱机买到，你还是放暑假回家时带来吧，不等叫别人带了，我还买有别的东西，我准备今年春节和你一同去南京玩之，小睿也花家玩久还是可以嘛。

今年放暑假你一定要早要来家，因为暑假你未回家，我是太想你了。绒大衣合适的话，尽量要买，小红巳上班了，花市百货批发处工作，还可以，家中一切都好，希不要挂念！专此

祝

你工作顺利！

身体健康！

田岩 1985.元.6

第五十一封信

1985年4月8日

1985年6月5日，在学校教务处领导和同志们的帮助下，我光荣地加入了中国共产党。

母亲听了以后，感到非常高兴和骄傲。母亲常常说，你工作上的进步，都是党的培养和领导对你的关怀和教育，你更要加倍努力工作，为祖国四化建设贡献力量。

母亲也常常在如何为人做事上对我悉心指导。她常对我说，谦受益，满招损；谦虚使人进步，骄傲使人落后；做人要低调，做事不要太张扬；要真诚待人，与人为善；要踏实做事，认真负责等等。母亲的这些谆谆教导，一直默默地引导着我。

工作以后，母亲为我添置了第一个家庭用品大件——永久牌自行车。这辆自行车在我以后的生活当中扮演了重要的角色，接送孩子上下学，换煤气罐，等等，成为我主要的交通工具和干活工具，一直到我买了第一辆捷达汽车后，才光荣"退休"。

永久牌自行车

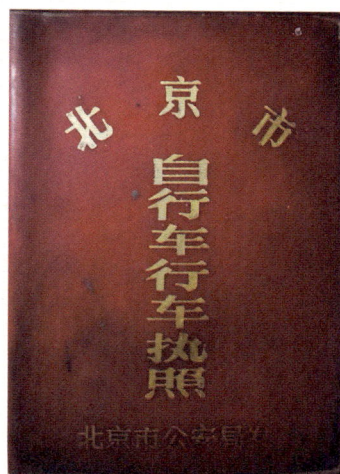

20世纪80年代的
北京自行车执照

下面是母亲1985年4月8日给我的第五十一封来信。

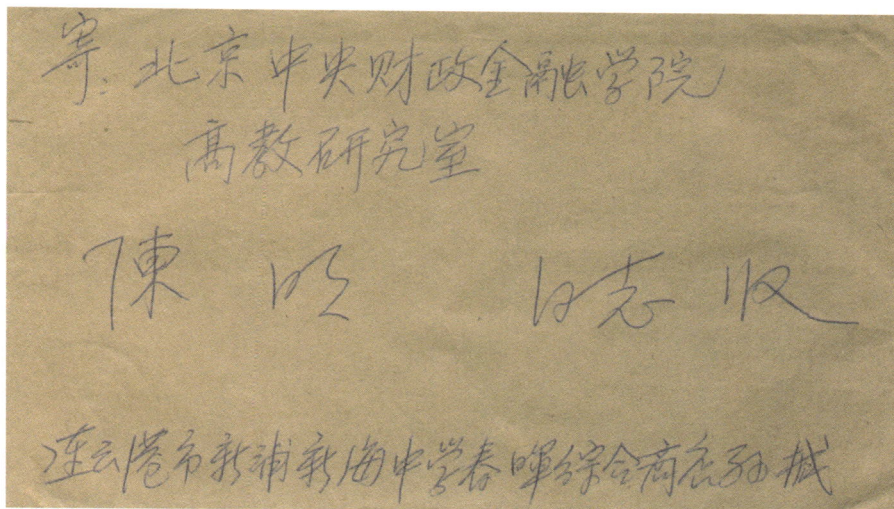

明儿：

你好！前后来信都收到了，知儿一切都好，母亲很是高兴。我于4月2日去南京你舅舅家，现已回来，葡萄干那就不要再寄了，东西太多，坐飞机恐不太方便，你自己吃吧！或带点来家。关于你要的自行车，我已买好了，是轻便永久牌，很好，那就千万不要再买了。一有便车我马上带去，但对你有一个严格的要求，千万不要骑车多上街，要晓得人烟稠密，车辆多，是不太安全的，你千万要注意，保证安全。

关于你姐姐调动工作，因她单位是集体所有制，财经学校进不去，以后就不要再向俞老师提这件事了。我们现又联系别的机关单位，是不成问题的。

明儿，你现在不但提干，又要参加进步组织，真是一件大喜事，做母亲的真是感到高兴和无上的安慰，但要晓得这是党的培养和领导的关怀、教育，是分不开的，你要感谢党和校方领导对你培养，积极做好本职工作，为祖国四化建设贡献一切力量。现附上我们家庭的成员和社会关系详细名单，如有不明白的地方，再来信给我。好！不多写了，我现在正在开政协代表会，三天时间很忙。

专此，祝你

身体健康！工作顺利！

母字

1985年4月8日

昭兒：你好！ 前没来信都收到了，知兒一切都好，母亲
很是高兴，我於4月2日去南京你舅家，现已回来，节益干
那就不多再寄了，东西太多，坐飞机恐不太方便，你自己吃吧！
或批发来家，关於你要的自行车，我已买好了，是轻便永久牌
很好，那就千万不要再买了，一有便车我马上带去，但对你
有一个严格的要求，千万不要骑车多上街，寻宁因人烟稠密，车
辆多是不太安全的，你千万要注意，保证安全。

关於你姐之调动工作，因地单位是集体所有制，财经学
校进不去，以後就不要再向俞老师提这件事了，我们现又联系
别的机关单位，是不成问题的。

昭兒：你现在不但提干，又要参加进步组织，真是一件大喜
事，做母亲的真是感到高兴和无上的光荣，但要晓得这是党
的培养和领导的关怀，教育是分不开的，你要感谢党和校方
领导对你培养，积极做好本职工作，为祖国四化建设贡献
一切力量，现附上我们家庭的成员和社会关係详细名单
如有不明白的地方，再来信给我，好！不多写了，我现在正在
开政协代表会，三天时间很忙，束此 祝

你身体健康！工作顺利

母字 1985.4.8

81109   第   頁

第四部分

重择配

看此日桃花灼灼，宜室宜家；卜他年瓜瓞绵绵，尔昌尔炽。

1985年，邓小平在听取经济情况汇报时指出，改革的意义，是为下一个十年和下世纪的前五十年奠定良好的持续发展的基础。没有改革就没有今后的持续发展。邓小平对改革的这个定调，让1985年成为承前启后的又一个时间节点。

同年，中共中央、国务院在北京召开改革开放以来的第一次全国教育工作会议，讨论《中共中央关于教育体制改革的决定（草案）》。

这一年，中央财政金融学院进入了平稳发展期。虽然到了此时，北京卷烟厂占用的校舍仍没有完全归还，但学校与卷烟厂已经签订了相关的校舍归还协议，校舍归还指日可待。

美好的生活正一步一步向人们走来。这一年，我也遇到了生命中重要的人——未来的人生伴侣。

我与夫人小宙

第五十三封信

1985年6月13日

　　我给母亲寄去了女朋友的照片。她看了以后，问能不能再寄一张全身的照片，主要想看看女孩身高怎么样，怕个子太矮了不合适，还关心她的眼睛近视厉害不厉害，等等，并一再强调婚姻是大事，择偶不可轻忽。

　　因为女朋友是南京人，母亲还托在南京工作的舅舅、舅母帮助从侧面打听她家庭的情况，想全面了解她的成长及生活环境。

　　下面是母亲1985年6月13日给我的第五十三封来信。

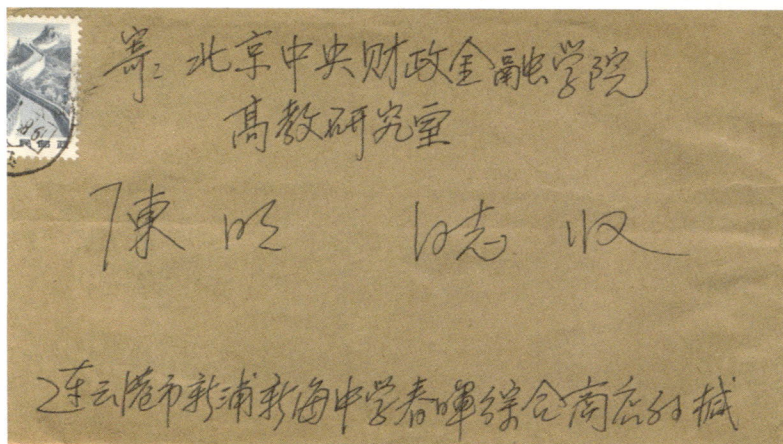

明儿：

你好！来信收到了，很是高兴，知儿已有了朋友，这是我天天在盼望的一件大事。相片我看到了，你姐姐、姐夫和小孩们都争着看，认为坐着的照片好像看不清楚，他们都建议要一全身站着的照片，或和你合照一张，他们怕矮了一些。眼近视厉害不厉害？还要彻底了解一下有没有其他毛病，常接触千万要注意一下，这是终身的大事，千万不能马虎从事，亦不能感情用事，你说对吗？同时还要将她的姓名和她父母的姓名，以及在单位的职务或职称都要详细地告诉我，以便于叫你四舅和四舅母在南京打听一下，如合适的话，我明年就替他结婚（注：方言，意思是替陈明操办婚事），今年秋天我就着手打家具了。

今年暑假快到了，她如回南京的话，你可和她一同到我家来玩一玩，看看连云港的风光，同时也好给我看看，否则我一定要到北京去看看的。明儿，你的婚事我一定要替你办好一些。你大姐已调到建工总局审计室工作，是机关单位，很好，我们阖家都好，希不要挂念。

专此，祝你

身体健康！工作顺利！

母字

1985年6月13日

晓晃：你好！来信收到了。很是高兴。知晃已有了朋友。这是
我天天在盼望的一件大事。像电我看到了。你姐之姐夫
和小孩们都争着看。说她坐着的巴电好像看不清楚
他们都建议要一全身站着的巴电，或和你合巴一师
她们怕矮了一些。眼近视厉害不厉害？还要彻底了解
一下有没有其他毛病，常拉觸千万多注意一下。这是
终身的大事。千万不能草率从事，亦不能感情用了。

　你说对吗？同时还要将她的姓名，和她父母的
姓名，以及其单位的职务或职称都写详细的告诉
我，以便於叫你四舅和四舅母在南京打听一下。如
合适的话，我明年就替他结婚。今年秋天我就着手
打像俱了。

　今年暑假到了，她好回南京的话你可和她
一同到我家来坑一坑。看之连云港的风光，同时也好
给看看，否则我一定要到北京去看之的。晓晃：你的婚了
我一定要替你办好一些。你大姐已调到这工总局设计室
工作是机关单位很好。我们阖家都好。希不要掛念

　　　　　　　　　　李此祝

你身体健康！
工作顺利！
　　　　　　　　　　　　　　母字1985.6.13.

第五十六封信

1985年10月16日

母亲对于我的婚事，给予了极大的关心，计划安排得非常仔细周到，很多事情我们自己都没有想到，包括结婚时间的安排，家具、家电、衣服、被子的准备，等等。

那时候，交通不方便，两个城市的亲家见面比较难，所以，母亲几次在信中特别强调，结婚是大事，要求我务必要征求小宙父母的意见。从这里可以看出，母亲对个人重大事情的把握还是很严谨的。

我（后排左二）与小宙（前排左二）的结婚照——这是北京市教育工会组织的集体婚礼合影，北京有40对新人参加了这次集体婚礼，大家一起参观天安门广场、人民英雄纪念碑，并在北京饭店举行集体婚礼

下面是母亲1985年10月16日给我的第五十六封来信。

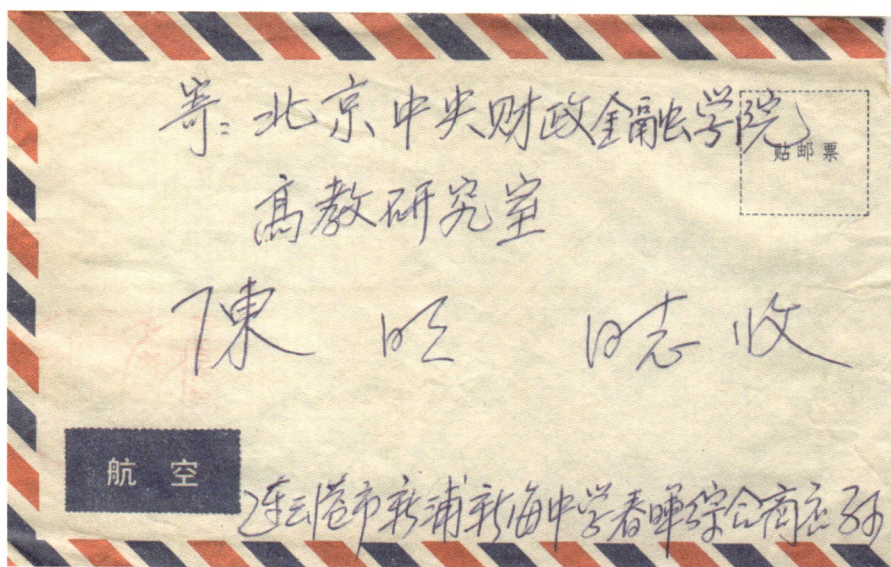

明儿：

你好！来信收到了，知儿一切都好，甚慰！本想早写回信给你，因我去南京至你四舅家住了几天才回来，所以至今才写回信给你。你做家具的图样怎么还未寄来？我买的木材已放进炕房，在本月20日即成，如你没有图样，那我就做主替你办了。我准备做如下几样：大衣橱、书橱、装饰橱、五斗橱、菜橱、写字台、高低床、大桌、大椅，你看如何？希即来信告知。现正在打听买台彩电，但不知你录音机买好了没有？彩电你姐夫已托人买了（18寸的）。

关于你信中言及准备春节举行婚礼，但要争取小宙的父母同意，不能草率从事。现在是否拿到结婚证？房子问题如何解决？都要一一安排好。你们自己准备买哪些东西？除了我应准备的大件而外，还要我准备哪些东西，希你和小宙商量一下，我好准备，否则会买重了。我在南京买了两床彩缎被面，一床是绿色，一床是粉红色，别的颜色质量不好，我马上托人再到上海买；如北京有好的尼龙帐，要双人大的可买一床，新浦没有好的。你们的衣服看到合适的马上就买，因为我买恐怕你们看不好，你和小宙商量，马上写信给我，我好寄钱给你；你的那双皮鞋，我已换了一双棕色的青年皮鞋，很好。文烜的眼睛，经学校体格检查确有轻微色盲，但老师说他考大学还是很有希望的，你要关心，有机会就要打听一下，看哪些院校能考，哪些学校限考，他想考建筑工程学院，不知能考否？如遇到建筑工程学院同志要仔细打听一下，不然到时会失误！

小宙本学期是否还在外校代课？希你们一定要注意休息，增加营养。天气渐渐冷了，你一定要保护好身体，多穿点衣服，不要使身体受寒，保护好胃部。家中一切都好，希不要挂念！

专此，祝你

身体健康！工作进步！

代向小宙问好不另！

母字

85年10月16日

我和你四舅都同意你在春节时举行婚礼，但你们一定要通知小宙的父母，看他们的意见。

希即回信。

晓兑：你好！来信收到了，知兑一切都好，甚慰！

我本该早写回信给你，因我去南京至你四舅家住了几天才回来，所以至今才写回信给你。你做家俱的图样怎么还未寄来，我买的木材已放进炕坊房，在本月20日即成。如你没有图样，那了我就作主替你办了，我老准备做如下几样：大衣橱、书橱、装饰橱、五斗橱、菜橱写字台、高低床、大桌、大椅。你看如何？希即来信告知。现已在打听买台彩电，但不知你录音机买好了没有？彩电你四夫已托人买了。（18寸的）

关于你信中言及准备春节举外婚礼，但要争取小宙的父母同意，不能草率从事。现在是否拿到结婚证，房子问题如何解决，都要一一安排好，你们自己准备买那些东西？除了我这准备的大件西外，还要我准备那些东西，希你和小宙商量一下我好准备，否则会买重了。我在南京买了两床彩假被面，一床是绿色，一床是粉红色，别的颜色质量不好，我马上托人再到上海买。如北京有好的尼龙帐子双人大的可买一床，新浦没有好的。你们的衣服看到合适的马上就买，因为我买恐怕你们看不好，你和小宙商量，马上写信给我我好寄款给你。你的那双皮鞋，我已换了一双棕色的青年皮鞋很好。

文煜的眼睛，经学校体检检查确有轻微色盲，但老师说他考大学还是很有希望的，你要关心有机会就要打听一下，看那些院校能考，那些学校限考，他想考建筑工程学院，不知能考否？如遇到建筑工程学院同志要仔细打听一下，不然到时会失悔！

小苗本学期是否还在外校或课？希你们一定要注意休息，加加营养，天气渐渐冷了，你一定要保护好身体多穿的衣服，不要使身体受寒保护好胃部家中一切都好，希不要挂念！ 专此 祝

你身体健康！

工作进步！

我和你四舅都同意你在春节时举行婚礼。但你们一定要通知

代向小苗问好不忘！小苗的父母，看他们的意见。

希即回信 　　　　母字
　　　　　　　　　85.10.16

第六十封信

1986 年 3 月 8 日

　　我们结婚的所有家具，都是姐夫提前买了木材，晾干以后，专门请工人打制，联系车送到北京的。

　　我们在铁道附中宿舍门口卸家具的时候，引来了很多同事邻居的羡慕眼光。因为那个时代年轻人结婚，基本没有什么家当，把两张单人床拼在一起，就算齐了。或者是自己买一些简易木料，请工人帮着打造一些简易家具。

我身旁的家具是姐夫专门请人打制的

与高教研究室的同事在家中聚餐

　　那时候，我身体不是很好，常常胃疼，面黄肌瘦，母亲对我的身体非常焦虑和担心，几乎每封信都会问我的身体情况，督促我去医院检查，要求我练练气功，注意营养。她常常说，身体是革命的本钱，没有一个好身体，什么事情都做不好。因此，那时候我就很重视体育锻炼，经常会打打羽毛球、排球，跑跑步，等等。

　　下面是母亲1986年3月8日给我的第六十封来信。

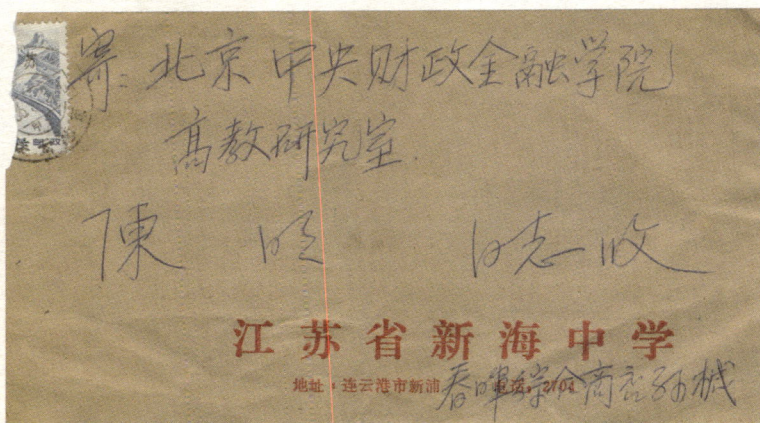

明儿：

　　来信收到了，得知刘师傅运去的家具已平安到达，并且无半点损坏，这真是不容易的事，首先要归功于朱宜民同志的捆扎和刘师傅精心运输的成绩，你要来封信给朱宜民表示谢意。

　　明儿，你来的信，我很有意见，真是所谓所答非所问了。我叫你把你的身体情况、健康情况详详细细地告诉我，要知道就起你赴京后，我的心一直在惦念着，因为你的身体太瘦了，所以才放心不下。同时所带去的衣物，你信上只说未损坏，而件数是否相符呢？另外，我带去的大米面粉等是否都收到了呢？其实刘师傅早到家把情况向我汇报了，还用着你的三言两语吗？我要知道的是你身体的健康情况，你一定要去医院查一查！如没有什么就继续吃点中药，注意饮食，千万不能马虎！！

　　小宙要抓紧复习，争取录取，同时要叫她安排好生活。看来我的话是不中用了，我们叫你一到达北京就来信，天天望，一直至3月4日才接到你的信，是工作繁忙呢，还是不重视呢？四月份如有便车，我可能去北京，希接信后，按我的要求一一详细来信说明。但一定要去医院检查，但不要去中医院检查。家里面东西多了，千万要注意安全，门户要时时当心，随时上锁，晚间最好不多出去，下班后改善改善生活。气功对身体很有益，希你继续练功，增强体质。

　　专此，祝你
身体健康！工作顺利！

　　小宙问好不另。

母字

3月8日

江苏省 新海中学

晓兇: 来信收到了, 惊知刘师付运去的家俱已平安到达, 并且毫丰无损坏. 这真是不容易的事, 首先要归功于朱並民同志的捆紧, 和刘师父整理运输的成绩, 你要来封信给朱並民表示谢意.

晓兇: 你来的信, 我很有意见, 真是不调查间非调查了. 我叫你把你的身体情况, 健康情况, 详细细的告诉我, 要知道就起你赴京後, 我的心一直在怀念着, 因为你的身体太瘦了, 所以我放心不下. 同时说拖去的衣物, 你信上只说未损坏, 而体收是否捆得呢? 另外我拖去的大来石坊子是否都收到了呢? 其实刘师付早到家把情况向我回报了, 还用着你的三言两语吗? 我要知道的是你身体的健康情况, 你一定要去医院查一查! 如没有什么就继续吃些中药, 注意饮食, 千万不能马乎!!

小宙要抓紧复习, 争取录取, 同时要帮地安排好生活. 看来我的话是不中用了, 我们叫你一到达北京就来信, 天天盼一直至三月初才接到你的信, 是工作繁忙呢? 还是不重视呢? 四月份如有便車我可就去北京, 希接信後, 按我的要求——详细来信说明但一定要去医院检查, 但不要去中医院检查, 家里东西多了, 千万要注意安全, 门户要随时查心, 随时上锁, 晚间最好不要出去, 下班後改善改善生活, 气功对身体很有益, 希你继续练功, 增强体质, 李此 祝

你身体健康, 工作愉快! 小苗洞好不好

田字 3.8

第六十一封信

1986年3月24日

　　我们结婚以后，母亲给我来信的抬头，都是我们两个人，同时在信中也给我们提出了生活上的一些要求，尤其是希望我们能尽快生个孩子。母亲说趁着自己身体还好，到时候能帮助我们带带孩子，这样也能减轻我们的生活压力和负担。

　　写这封信的时候，母亲已经是65岁的老人了。

　　母亲为我的生活和身体操碎了心，现在，又在为我的下一代操心了。可怜天下父母心，母亲对孩子的付出，是一份永远无法还清的恩情。

**　　下面是母亲1986年3月24日给我的第六十一封来信。**

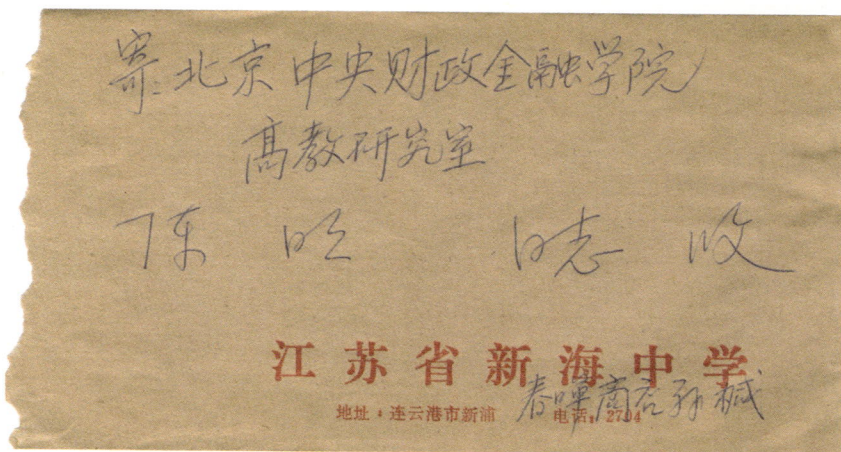

明儿、小宙:

你们好！前后两封信都收到了，母亲知你身体很好，心情很为高兴。小宙暂不外出进修，对生育问题，可作考虑，因我现在虽已年迈，但还可以为你带带孩子，以后一年一年地老了，带孩子手脚就不便当了，希你一定要按我的计划进行。彩电一定要给你，请放心，不要作急。晚上不出去是对的，下班吃完饭在家看看书，或下下棋、打打扑克都可以，不一定到外面去闲逛就是娱乐。小宙如确定暂不外出进修，外面的课还可以代的，增加收入是一方面，主要的是锻炼自己的英语，如真正有困难，或负担不了，那也不能勉强，更重要的是，你们一定要安排好生活，保护你的身体，使你的身体能健康强壮起来，这是我最大的愿望。你大姐最近去南京出发，说你四舅全家于暑假时来连云港，要你暑假和小宙都回家，欢聚一堂玩玩。你姐夫因劳累过度引起了胸膜炎，住院半个月，现已痊愈出院，希不要挂念！他为你婚事操持很大，你要来信问候一下，以表达你的心情。

明儿，你们现在已成了家，一定要好好安排，遇事多和小宙商量，互相体贴，互相照顾，好好团结，保护好身体。要重视家庭安全，防火、防盗，使用电器要细心，保护好身体，安全第一，一刻都不能麻痹（要知一粒一饭，来之不易；半丝半缕，恒念物力维艰）。家中一切都好，希不要挂念。你每月一定要来平安家信一封，以后寄信仍可直接寄至家中即可。

专此，祝你

阖家欢乐！身体健康！工作顺利！

母字

1986年3月24日

明党：你们好！前后两封信都收到了。母亲知你身体很好.
小富：心情很为高兴。小富暂不外去进修，对生育问题，可作考虑，因我现花甲年逾，但还可以为你照看孩子，以后一年一年的老了，带孩子手脚就不便当了，希你一定要按我的计划进行。錶一定寄给你，请放心，不要你急。晚上不出去是对的，下班吃完饭在家看看书，或下下棋，打打扑克都可以，不一定到外面去闯荡就是娱乐。小富如确定暂不外去进修，外面的课还可以代的，增加收入是一方面，主要的是锻炼能够英语，如真正有困难，或负担不了，那也不能勉强。更重要的是你们一定要安排好生活，保护你的身体，使你的身体能健康了强壮起来，这是我最大的愿望。你大姐最近去南京出发，说你四舅全家放暑假时来连云港，到保暑假和小富都回家欢聚一堂况之。你姐夫因劳累过度外起了胸膜炎住院半月，现已全愈去说，希不要掛念！他为你婚事坚持很大，你要来信问候一下，以表达你的心情。

　　明党：你们现在已成了家，一定要好之安排，遇事多和小富商量，互相体贴互相兰顾，好之团结，保护好身体，要重视家庭安全，防火，防盗，使用电四要细心，保护好身体，要重视一刻都不能麻痹，要知一切一饭来之不易，丰丝半缕恒之物力为眼之。家中一切都好希不要掛念，你每月一定要来好家信，以后寄信仍可直接寄至家中（解放西路建工西巷6-21）即可。
　　末此祝

　你阖家歡樂！身体健康！工作顺利！　　　　母字.1986.3.24

第七十封信

1986 年 10 月 16 日

　　母亲鼓励和支持儿媳妇在完成本校工作任务的基础上，适当地去外面代一些课，增加点收入，以便有些积累，将来有了孩子了，生活会宽裕一些。

　　那时候在校外做兼职外语教师，大约一小时课时费三块钱。现在看着并不多，但在当时一个月下来，额外的收入比工资还多，这对家庭生活来说是一个很好的补充。

　　母亲勤劳刻苦的精神一直鼓励着我们。她65岁时还在工作，当时在一个中学的小商店里做会计。因为会计能力强，管理水平高，母亲几次请辞，领导都不同意，好言相劝，予以挽留。

　　母亲坚持工作，也是因为在经济上可以经常帮助我们。从我上大学到工作，母亲一直在给我寄钱，十几元、二十块不等。我结婚了，母亲还是经常给我寄钱，一寄就是两三百块钱，是我当时工资的好几倍。

　　到我自己贷款买房的时候，母亲还在给我寄钱帮助做首付。母亲一生勤俭持家，贤劳卓著，自己生活上是非常节俭的，但对我却从不吝啬。虽然我平常很少主动向母亲伸手要钱，但母亲总是及时了解我们的需求，把握好时机，主动地接济支持我们。

下面是母亲1986年10月16日给我的第七十封来信。

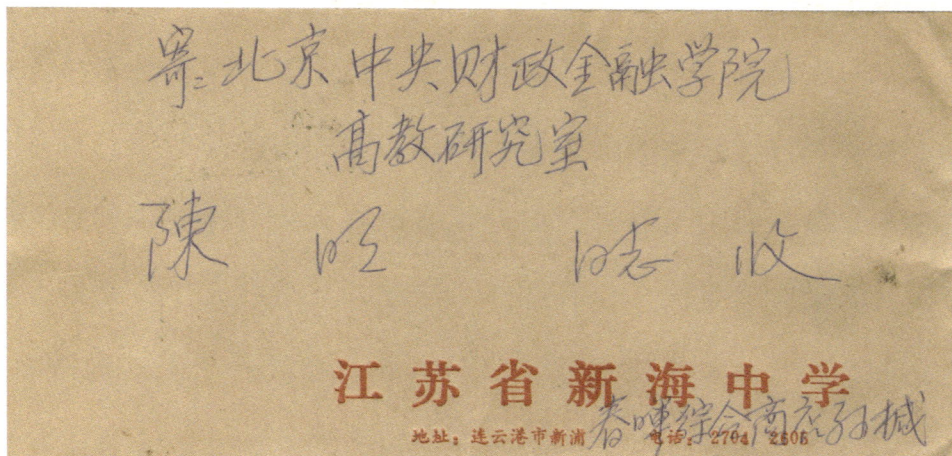

明儿、宙儿：

你们好！来信收到了，知你们工作顺利，阖家安好，母亲心里很是高兴。明儿的身体很好，这都是小宙的体贴，精心照顾生活，增加营养，操持家务，真可谓是明儿的一位贤妻了，母亲特向小宙致以谢意。

明儿，你到上海开会，要多带点衣服，因为天气渐渐寒冷，要注意生活。旅途一定要注意安全，要知道上海是比较繁华而又复杂的大城市，什么样的人都有，要有警惕性，晚间最好不要多外出。我什么东西都不要买，不必要的东西，你们最好也少买。你姐姐、姐夫准备替你买彩电，我想替你买16寸—18寸，你和小宙商量一下看是否合适。你此次去上海开会是否有人同行？如果有其他同志同行是最好的，但食宿问题一定要安排好，你到上海时最好来一封平安家信给我，以免我挂念！

今年的春节我一定到你们那里去团聚，天气冷了，我准备一些好吃的东西带去，不知你们还需要什么，早点来信告知，我好准备。我的工作至现在尚未辞掉，领导说一定准我探亲假。宙儿，明儿出发，你在家中一定要注意好门户，安排好生活，千万不要搞垮身体。你除完成本校课程外，还要为其他单位代课，真是够辛苦的了，但每月增加的收入，除安排好生活外，剩余下来的钱，最好存到银行里，千万不要放在家里，积累一点，将来有了孩子，费用就大了。要知道有了孩子，再出去代课就不方便了，趁此机会，积累一点，不是很好吗？我现在退休了，还在劳动，也是为着你们多积累一点，生活更富裕一些。家中一切都好，希不要挂念。

专此，祝你们

身体健康！工作顺利！

母字

1986年10月16日

江苏省新海中学

旺兄
宙兑：你们好！ 来信收到了，知你们工作顺利

阖家岁好，母亲心里很是高兴，旺兑的身体很好
这都是小宙的体贴，精心也饮生活，增加营养，操
持家务，真可谓是旺兑的一位贤妻了，母亲特向小宙
致以谢意。

旺兑：你到上海开会，要多带些衣服，因为天气
渐渐寒冷，要注意生活，旅途一定要注意安全，要知道
上海是比较繁华，而又复杂的大城市，什么样的人都有
要有警惕性，晚间最好不要多外去，我什么东西都不要
买，不必要的东西，你们最好也少买，你姐夫准备
替你买彩电，我想替你买16寸—18寸你和小宙商量一下
看是否合适，你此次去上海开会是否有人同行，如果有
其他同志同行是最好的，但食宿问题一定要安排好，
你到上海时最好来一封平寄家信给我，以免我挂念！

今年的春节我一定到你们那里去团聚，天气冷了
我准备一些好吃的东西带去，不知你们还需要什么，早关
来信告知，我好准备，我们工作至现在尚未辞掉，领导说
一定准我探亲假，宙兑，旺兑出发，你在家中一定要注意
好门户，排好生活，千万不要拖垮身体，你除完成本校

地 址：连云港市新浦解放路 电话：2704、2605

课程外，还要为其他单位复旧课，真是够辛苦的了，但每月增加的收入，除妥排好生活外，剩余下来的钱，最好存到银行里，千万不要放在家里，积累一点，将来有了孩子，帮用就大了，要知道有了孩子，再出去代课，就不方便了，趁此机会，积累一点，不是很好吗？我现在退休了，还在劳动也是为着你们多积累一点，生活更富裕一些，家中一切都好，希不要挂念，专此 祝

你们身体健康！

工作顺利 ！

田学
1986.10.16.

第七十五封信

1987年5月23日

学校曾经在交大附中租借了一个楼层，用于继续教育办班。办班结束以后，就临时用作年轻教工结婚周转房。我们是最后一个被安排到周转房的。

那是一间60平方米的大教室，我们东西不多，显得屋里很空旷，我写了"陋室乐"三个字挂在了墙上，聊以自乐。

第二年，学校与交大附中房屋租赁到期，我们就搬到了学校北楼，分到了一间12平方米的房子，从那么大的房子搬到小房子，一下子还不适应。

后来爱人怀孕，母亲知道后，就开始计划，帮助小孙子准备小床和衣服等用品，母亲、姐姐她们确实费心劳累了，我们却省心了。

这期间，母亲多次来北京看望我们，母亲和我们的邻居教工都相处得很融洽，大家也愿意和慈祥的母亲进行交流。母亲后来来信，还经常让我代向邻居教工问好。

我在大教室改成的婚房，墙上挂的是自己写的"陋室乐"

下面是母亲1987年5月23日给我的第七十五封来信。

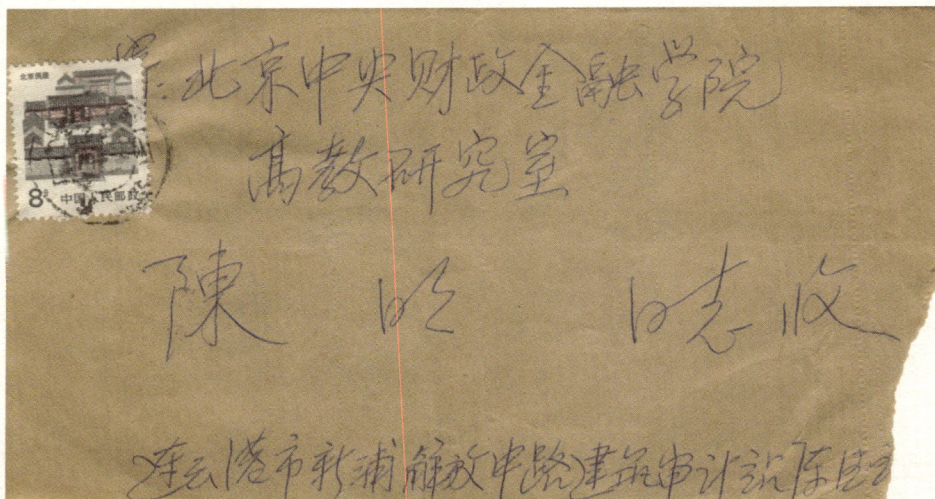

明儿、宙儿：

你们好！我于5月3日平安到家，因你姐夫要到北京开会和刘师傅又要到北京拉冰箱，所以我未即时写信给你，但他们回家对你们的情况一直也未说清楚，都说很好。不过我担心小宙的怀孕情况，是否都很正常？尤其你的身体很瘦，每顿饭只吃半边馒头，整天我在内心焦虑！但你却毫不在乎，所以我回家后托人买点简易快餐面带给你，但你每天早上一定要吃，放点虾米白菜，再加一个鸡蛋，牛奶还是留在晚间喝，据医生说，牛奶和鸡蛋不能一起吃，会破坏营养的，希你参考。快餐面要马上把它吃掉，不宜放时间长，据说时间长会影响营养作用，如未吃完要放冰箱。你的药是否每天按时按量地吃？你不是个小孩子，要懂得身体健康的重要性。切切，希小宙多加操心。我相信小宙会比我关心得更多！

我自从回家后，身体有十几天一直不好，胃部发塞，四肢无力，不想吃饭，到医院去钡餐透视，查血，做心电图，都没有问题，医生开给我复方胃友猴菌片和酵母片，吃了几天就好了。据医生说，胃病可以中西药合吃，但不知你最近去未去检查？希接信后将你们的情况回信一一告诉我，以免思念。小孩的衣服我们现已开始准备，小孩的床你暂时不要买，也可能家里打。我们家中一切都好，希不要挂念！关于我去探亲，你三舅还未来信，我走时就会写信告诉你，希小宙英语加强学习，准备深造！不多写了。

专此，祝你们

阖家安好！身体健康！

代问李健阖家好！代问全楼幢同志们好！

母字

87年5月23日

吃兒 你们好！

宙兒：我於5月3日平安到家.因你姐夫要到北京开会,
和刘师傅又要到北京拉冰箱.所以我未即时写信
给你.但他们回家对你们的情况一直也未说
清楚.都说很好.不过我担心小宙的情况是
否都很正常?尤其你的身体很瘦.每顿饭只吃
半边馒头.整天比我内心的焦虑!但你却毫不在乎,
所以我回家后让人买来简易快哉互批给你.但你每
天早上一定要吃放虾米的菜再加一个鸡蛋.牛奶还是
单花晚间喝.据医生说.牛奶和鸡蛋不能一起吃
会破坏营养的.希你参考.快哉要马上把它吃掉不
宜放时间长.据说时常会起影响营养作用.如未吃完
要放冰箱.你的菜是否每天按时搭另的吃.你不是个
小孩子.要懂得身体健康的重要性.切切希小宙多加
操心.我相信小宙会比我关心的更多!

　　我自从回家后.身体有十几天一直不好.胃部发胀
四支无力.不想吃饭.到医院吞钡又透视.查血.做
心电图.都没有问题.医生开给我复方胃友.猴头菌片
和酵母片.吃了几天就好了.据医生说胃病可以中西药
合吃.但不知你最近未去检查?希接信后将你们

的情之回信--告诉我 以免思念，小孩的衣服 我们
现已开始准备，小孩的床你暂时不买买，也可能家里打。
我们家中一切都好，希不要挂念！关於我去探亲，你
三舅还未来信，我走时我写信告诉你，希小宙英语加强
学习，准备深造！ 不多写了，未此

祝

你们阖家安好！
身体健康 ！

代问李健阖家好！
代问全楼憧同志们好！

田芳
87.5.23

第七十九封信

1987 年 9 月 18 日

　　1987 年 9 月 27 日，儿子在南京出生了。在以后的通信当中，母亲不但继续关心我的生活，同时也关心孙子的生活，经常教导我们如何照顾孩子，事无巨细，关怀备至。

　　母亲和天下的父母都是一样的，忙完了儿女，又忙孙子。母亲和姐

我和儿子身上的毛衣都是母亲和姐姐织的

姐给孩子准备了棉袄、棉裤各三件，大包被、小包被、夹裤、夹袄等，还有小红织的毛衣一套，共计18件，在孩子出生前就送到了南京。

为了让我们能够轻松一些，更多地做好本职工作，母亲专程来北京帮助带小孙子半年，后来把小孙子带回连云港生活了一年。母亲近70岁的高龄，不辞辛劳，确实令人感动。

母亲近70岁高龄时来京帮忙带孙子

下面是母亲1987年9月18日给我的第七十九封来信。

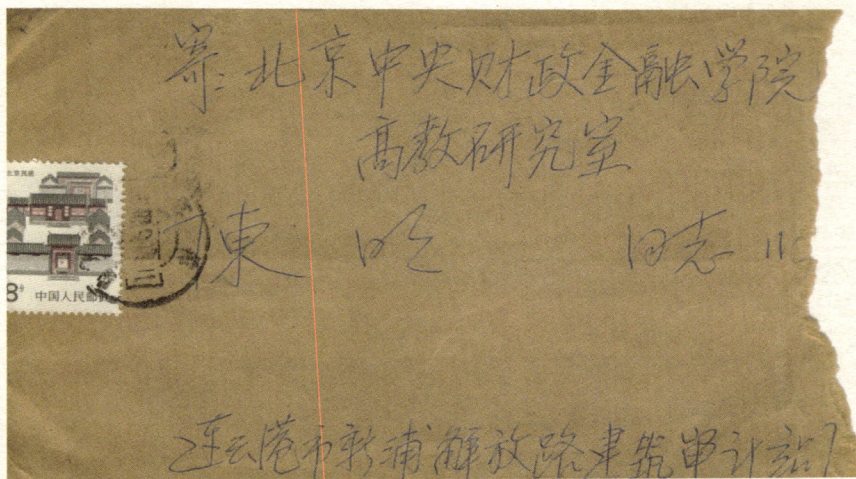

明儿：

你好！来信收到了，知小宙已平安到达南京，很好，那我也就放心了。我们家中一切都好，希不要挂念！

我的会亲手续一切都办好，上级很支持并很关心和照顾。我准备于9月26日到南京，把孩子的衣服送给小宙，共计18件，棉袄、棉裤各三条、大包被、小包被、夹裤、夹袄等，还有小红织的毛衣一套，共计18件，小宙可能就不用麻烦了。

明儿，你想出国深造，很好，我们都很赞成，既有这样的上进心，你舅舅定会支持的。你现在正复习英语，但不能忽视身体健康，对于每日的生活一定好好安排，不能为小宙不在家就马虎了，要晓得身体是一切事业的根本，没有好身体，那还能干什么大事，千万要注意。门户的安全，亦不能忽视，要知道家庭的一切是自己点滴积累的，要知道来之不易。我可能10月中旬就回家了，你不是说10月4日到南京吗？我到南京时就打电话给你，如小宙生得早，你可以先写信告诉你姐姐，叫她好放心。

　　专此，祝你

身体健康！工作顺利！

母字

9月18日

母亲在陪小孙子做游戏

母亲来京看望儿孙

晓兔：你好！来信收到了，知小宙已平安到达南京，很好。那我也就放心了。我们家中一切都好，希不要挂念！

我的会亲手续一切都办妥了，上级很支持并很关心和照顾。我准备于9月26日到南京把孩子的衣服送给小宙，共计18件，棉袄、棉裤各三条、大包被、小包被、被褥袜袄等，还有小红织的毛衣一套共计18件，小宙可能就不用麻烦了。

晓兔，你想出国深造很好，我们都很赞成，既有这样的上进心，你舅舅一定会支持的。你现在正复习英语，但不能忽视身体健康，对于每日的生活一定好之安排，不能为小宙不在家就马乎了，要晓得身体是一切事业的根本，没有好身体，那还怎能干什么大事。千万要注意，门户的安全，亦不能忽视，要知道家庭的一切是他们日夜滴积累的来之不易。我可能10月中旬就回家了，你不是说10月4日到那南京吗？我到南京时就打电话给你，如小宙生的早，你可以先写信告诉你妈之叫她好放心，未此，祝

你身体健康！工作顺利！

田芳9.18日

第五部分

脉相连

青山一道同云雨，明月何曾是两乡。

20世纪80年代末，海峡两岸近40年的隔绝状态终于得以改变，可以办理民间探亲了。在台湾的舅舅们日夜盼望着和母亲见面，积极地帮母亲办理相关证件。

1988年，母亲办好相关证件，经香港转机赴台湾，见到了散居在台湾的亲人。

那时候，他们骨肉分别已经40年了。母亲见到了还健在的亲人，他们互诉衷肠，相拥而泣，场面可想而知。

母亲在香港转机赴台湾

母亲与两个舅舅在台湾的合影

母亲与舅舅在台湾的合影

第六部分

长别离

母亲给我的书信，时间主要是从我1979年上大学到1990年，持续了十几年，后来家中安装了电话，就主要通过电话交流了。很遗憾的是，这种传统的书信交流方式被中断了，再也没有可以收藏和纪念的物品了。

2010年6月16日，母亲90岁生日之际，给我写了一段文字。

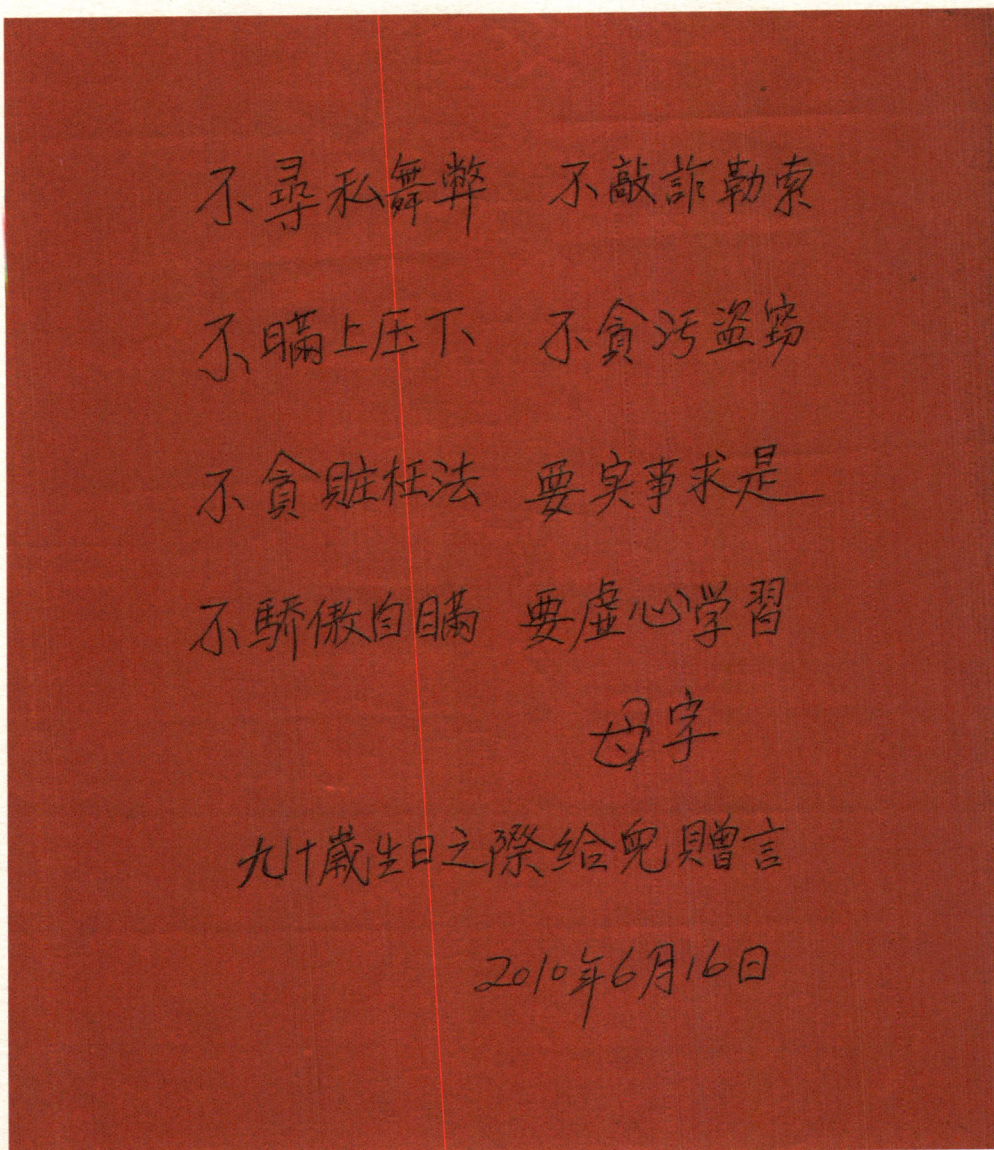

不寻私舞弊　不敲诈勒索
不瞒上压下　不贪污盗窃
不贪赃枉法　要实事求是
不骄傲自满　要虚心学习
　　　　母字
九十岁生日之际给儿赠言
2010年6月16日

母亲书写的"六不两要"

不徇私舞弊　　不敲诈勒索

不瞒上压下　　不贪污盗窃

不贪赃枉法　　要实事求是

不骄傲自满　　要虚心学习

母字

九十岁生日之际给儿赠言

2010 年 6 月 16 日

这是母亲留给我的最后一段书面的教诲文字。

母亲在 90 岁高龄之际，用红纸书写的形式，庄重提出了"六不两要"，内容简明扼要、字字铿锵，字体沉稳遒劲、坚定有力，和这本书前面的书信字体相比，母亲的书法丝毫没有退步。

此时，母亲已经有二十年没有写信了，书写这段文字对于一位年迈的老人来说，是很不容易的，着实让人钦佩。

2013 年的一天，我接到姐姐的电话，说母亲摔倒了，很严重，应该是骨折了。我连夜赶回了连云港，见到了躺在床上的母亲。

原来，那天母亲在小院子里散步赏花，不小心被刚拆下来的小铁门绊到，摔在了地上。她摔得很重，连戴在手上的玉镯都碎成了几段。经医院诊断，母亲是大腿骨骨折。

围绕到底是到医院做手术还是在家保守静养，家里人和大夫展开了研究和讨论。到医院做手术能够彻底解决骨折问题，但母亲已经 90 多岁高龄了，这个年纪做手术本身就非常危险，在当地更没有先例，大夫也没有把握。

在家保守静养，短期看还行，但是长远来说，如果老人长期卧床，身体各种机能肯定会不断退化，不但生活质量不高，寿命也会受到较大影响。

最后，经过认真权衡，我们决定手术。

听了我们的讨论结果，母亲也非常赞同做手术，意志坚定，积极配合。我按照大夫的要求，给母亲讲手术前的一些心理准备和注意事项。到底是经过大风大浪的人，母亲丝毫没有表现出惧怕的样子。

主治大夫顶着巨大的压力，在我们大家的鼓励下，走上了手术台。最后，手术非常成功，为当地医疗创造了一个高龄手术的先例。

一个月以后，母亲可以借助工具下床了。她按照大夫的要求，坚持每天下床适当活动。

母亲虽然遭遇了这样的麻烦和困难，但是对生活却没有丝毫的埋怨，始终充满了信心和力量。

2015年9月，我把母亲接到了北京。在北京居住的日子里，母亲还是非常开心的。

因为我们要出去上班，家里有时没人，我就在母亲经常活动的客厅里装了一个摄像头，我通过手机可以随时看到母亲的情况。我把座机放在沙发边上，方便我们随时可以互相联系。

母亲96岁高龄时仍能悬肘写大字

母亲的家族以前是酿酒的，所以母亲喜欢喝酒，也有酒量。我每天会给母亲做几道菜，也会让母亲喝一点白酒，但会给她控制在最多两杯。

待到双休日阳光明媚的时候，我会用轮椅推着母亲到小区花园里走一走，看一看，呼吸一下新鲜空气。花园里花木繁多，郁郁葱葱，有鸭子、白鹅、鸽子这些充满生机的动物，还有许多老人带着小孙子玩耍……看着小区里的景象，母亲非常愉悦。

到了年底了，我让母亲写写字，母亲兴致盎然，写了不少。母亲虽然几十年没有写毛笔字了，但是功力还在，写得真是不错。

母亲96岁时写的毛笔字

2018年，母亲回到连云港。

姐姐、姐夫此时年龄也很大了，都是80岁的人了，身体也不是很好。本来他们想为母亲请个保姆，但母亲一直抵触，最终，经过认真慎重的研究，他们安排母亲住进了连云港最好的一家养老院。

我和姐姐每次来看望母亲，她都很开心

2019年春节，我带着家人回到了连云港，主要是想看望在养老院生活的母亲。看了养老院的条件、环境和伙食情况，我放心了许多。虽然母亲也常说着要回家住，但家人常常进行安慰和劝说，慢慢地母亲也就习惯和安心了。

2019年的暑假，我再次回到连云港看望母亲。这时候，母亲已经98岁高龄，记忆力有所减退，有些家人都记不起来了。

我和家人们事先约定，让母亲看看能否认识来访的每个人。除了姐姐，果然有几位家人没有认出来。等我站到母亲的面前时，母亲眼睛一亮，大声喊出："哎呀，陈明来了！陈明气色不错，很好啊！就是有些瘦了，还是要注意营养，保护好身体啊！"

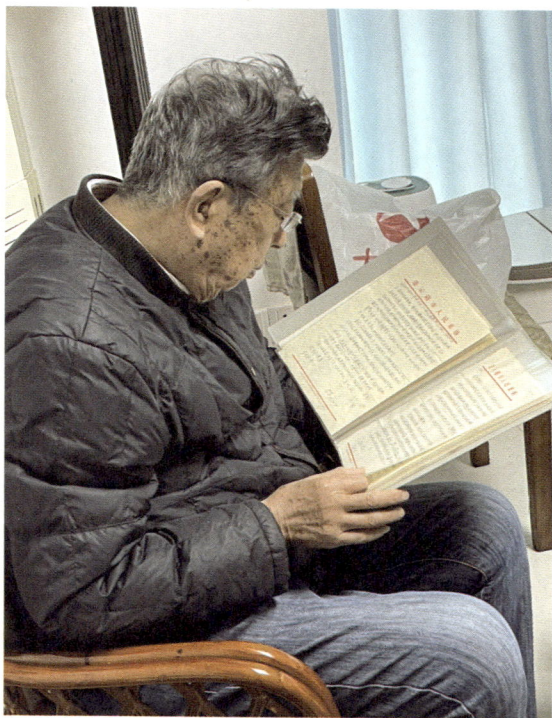

80岁的姐夫读着我收藏的母亲家书

母亲说的，和以前书信上常常提到的内容几乎一致。我听了以后，激动不已。不仅是因为自己被认出来，更是因为母亲反应之迅速，要求之到位，对于将近百岁的老人来说，实属难得。

我们每次离开养老院的时候，母亲都会靠着助行器，缓缓地把我们送出房间，一路送到电梯口。一路上，她总是大声高呼："你们一路平安，万事如意，阖家欢乐。"那个场景，让我终生难以忘怀。

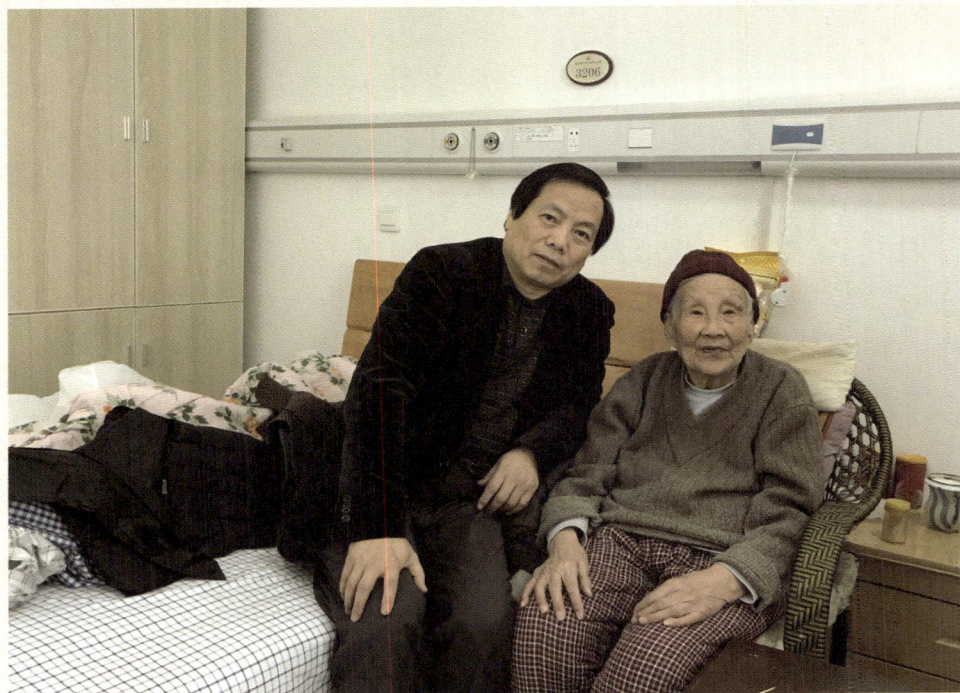

我回连云港养老院看望母亲

2020年8月下旬，为庆祝母亲百岁寿辰，我带着自己书写的四尺整张大红纸"寿"字，回到了连云港。

因疫情关系，我们被安排在养老院的一个大厅里和母亲见面。母亲坐着轮椅，由护理人员推着进了大厅，母亲仍然是一眼就认出

我手书"寿"字，贺母亲百岁华诞

我来了。

"这不是陈明吗？我的儿子，从北京来看我了。"看到母亲激动的样子，我的眼眶湿润了。每周都去看望母亲的外孙子，老人家都有可能记不起来了，而三个月、半年才去一次的我，母亲从没有记错。

母亲看到我写的"寿"字，非常欣喜，并逐字读出了我写的祝寿语：恭贺母亲百岁华诞。

母亲眼不花，每个字都读得对，而且声音铿锵有力，底气十足，根本看不出她已经是百岁老人，在场的人无不交口称赞。

两个外甥、外甥媳妇及子女来养老院看望母亲

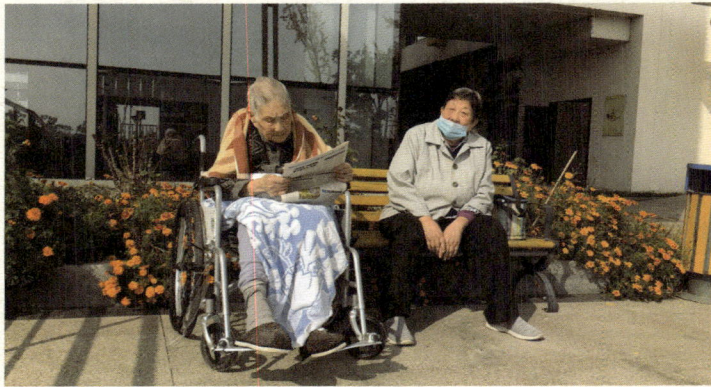

姐姐每周都来养老院陪母亲

亲友来养老院看望母亲

母亲在看她写的书信

2021年上半年，听家人说，母亲从床上摔了下来，造成了小腿骨折。由于这时候年纪确实太大了，做手术风险很大，只好采用保守治疗。

母亲无法下床正常行动，只能长时间待在床上，身体机能逐渐退化，食欲也越来越不好了。为此，我们让养老院增加了护工，护理的标准也提高了，但还是无法从根本上改善母亲的日常生活情况。

母亲的状况越来越不好，食欲非常不好，不能按时吃饭；饭量越来越小，母亲便越来越消瘦，我们家人的心情也越来越沉重。我们真实地感受到，留给母亲的时间越来越少了。

百岁高龄的母亲仍然能够读报

2022年9月27日，母亲走了。

2022年9月27日，也是我儿子结婚的日子。母亲在世时，常常催着让小孙子赶快找女朋友，早点结婚，母亲想着早点看到重孙子呢！也许是冥冥之中的安排，母亲最后苦苦地坚持，就是为了等到这一天。

一朝今古隔，惟有月明同。母亲用天大之爱，把痛苦和困难带走了，把幸福和美好留给了我们这些子孙。

记得老舍曾写过："人，即使活到八九十岁，有母亲便可以多少还有点孩子气。失了慈母便像花插在瓶子里，虽然还有色有香，却失去了根。"从此，我便没有了可归来停泊的最后港湾。

我有所念人，隔在远远乡。

亲爱的母亲，我们永远怀念您！

后记

我与母亲

  故人长眠，亲人长思。在母亲去世两周年之际，我将对母亲的怀念编成了这一本《母亲家书》。

  墨痕微淡，音容宛在。一本薄薄的《母亲家书》，里面承载的是最平凡的母爱，也是最不平凡的伟大；是最平常的人间烟火，也是最不平常的时代缩影。

编写《母亲家书》，我仿佛也重走了一遍前半生的人生之路。一封封泛黄的家书，代表的是我的一段记忆，一段岁月。那些我曾经经历过的、拥有过的，如潮水一般向我涌来，在《母亲家书》的重新冲刷下，这些记忆变得鲜亮有力，闪耀在我的生命长河中。

《母亲家书》的完成，我要特别感谢王广谦先生。王广谦先生是中央财经大学原校长、金融学教授、博士生导师、全国政协委员，是我的大学同学、我的兄长、我的领导，他对我、我的家庭和我的母亲，都非常熟悉和了解，《母亲家书》请他来作序，是最好不过的了。面对我的请求，他欣然答应，认真细读，有感而发，在短短的时间里，洋洋洒洒地写了近五千字，让我深受感动。

感谢卢闯先生和钮沐联先生，为《母亲家书》的策划和印制付出了心血。

感谢陈思先生和汪卷女士，为《母亲家书》初印的版面设计和文字润色付出了辛勤的劳动。

感谢语文出版社的各级领导和同志们，为《母亲家书》的正式出版给予了大力支持与帮助，让更多的人能看到这本书。

我要特别衷心地感谢姐姐、姐夫，几十年来，他们对我无微不至地关怀和照顾，母亲对我的爱，也体现在他们的默默支持和帮助之中。

可以说，没有他们，就没有我的今天。

最后，我要感谢一直以来非常关心和照顾母亲的亲朋好友，母亲能够健康长寿，离不开大家的真切帮助。

逝者已矣，生者如斯，愿从今往后，天上人间，共安好！

2024年10月

169